D1566392

Catorce colmillos

Catorce colmillos

Memorias del detective Pierre Le Noir a propósito de los
hechos sobrenaturales ocurridos en París en 1927

MARTÍN SOLARES

LITERATURA RANDOM HOUSE

Catorce colmillos

Primera edición: agosto, 2018

D. R. © 2018, Martín Solares
c/o Schavelzon Graham Agencia Literaria
www.schavelzongraham.com

D. R. © 2018, derechos de edición mundiales en lengua castellana:
Penguin Random House Grupo Editorial, S. A. de C. V.
Blvd. Miguel de Cervantes Saavedra núm. 301, 1er piso,
colonia Granada, delegación Miguel Hidalgo, C. P. 11520,
Ciudad de México

www.megustaleer.mx

ISBN: 978-607-316-896-0

Impreso en México – *Printed in Mexico*

El papel utilizado para la impresión de este libro ha sido fabricado a partir de madera procedente
de bosques y plantaciones gestionadas con los más altos estándares ambientales, garantizando
una explotación de los recursos sostenible con el medio ambiente y beneficiosa para las personas.

Penguin
Random House
Grupo Editorial

Para Mateo, Mariana y Joaquín

Sólo los dioses saben de la muerte.

W

1

Los testigos que se esfuman

Alrededor de las cuatro y media de la madrugada de una noche sin luna, el agente de guardia, Karim Khayam, golpeó la puerta de mi habitación:

—Pierre, el jefe llamó a la Brigada Nocturna. Es muy urgente.

Que me llamaran a investigar me tomó por sorpresa, porque durante las últimas semanas me habían obligado a organizar los archivos de la comandancia durante el turno de día, como si el jefe desconfiara de mí o no quisiera que me encontrara en la calle. Además, los colegas más viejos veían con disgusto que la Brigada invitara a personas de mi edad y procedencia, acostumbrados a policías veteranos, que apenas pasaron por la escuela, y a sobrevivientes de la última guerra, con amplios contactos en el bajo mundo. Por eso salté dentro de mis ropas en un instante y sólo hasta que estuvimos en camino traté de sacarle algo a Karim:

—¿A dónde vamos?

—Al bar La Perla, en Le Marais.

—¿Ya regresó el Pelirrojo?

—No, aún no sabemos nada de él.

—¿Y el Fotógrafo?

—Ya debe estar por ahí.

—¿Qué pasó? ¿Los anarquistas otra vez?

Casi sin aliento, Karim gritó:

—El detective Le Blanc hacía su ronda en Le Marais, puf, y vio a un hombre tirado en el callejón, uf, uf, malditas calles en subida, uf. Pensó que estaba borracho, lo agitó, uf, y el cuerpo cayó de lado.

—¿Balazos?

—No, uf, uf… Uf… Tiene una herida en el cuello…

Cuando llegamos al lugar de los hechos la multitud aún rodeaba el cadáver. Karim se dobló de rodillas:

—Ve a, uf, reportarte, mientras yo, uf, recobro el, uf, aliento. Uf.

Estábamos sobre la calle Vieille-du-Temple, hogar de todos los antros del barrio. A juzgar por la multitud, lo habían tirado casi a las puertas del bar La Perla, en el primer callejón.

Uno de los colegas me empujó al pasar:

—Niño idiota.

Muy pocos toleran nuestra presencia ahí. Karim, el Fotógrafo y yo somos los más jóvenes de la brigada. No es fácil ser joven entre los policías de París.

—¡A ver señores, los culpables se quedan, los demás se van a sus casas!

Quien gritó eso era el comisario McGrau, el director de la Brigada de Homicidios. Siempre es el primero en llegar a la escena del crimen. Aun sin salir por completo del sueño, tuve la impresión de que al jefe lo rodeaba esa niebla que se ve sobre el Sena en la madrugada y me dije que debía ir a que me revisaran la vista cuanto antes.

En cuanto el jefe me vio, me indicó a señas que me acercara:

—Llegas tarde, Le Noir.

—Lo siento, patrón. ¿En qué puedo ayudar?

El comisario dio una profunda aspirada a su puro antes de responder:

—Como era de esperarse, nadie vio nada ni nadie conoce al difunto…

Miró a los malandrines que se amontonaban en los bares cercanos. En ese barrio, a esas horas, era muy fácil encontrar personas que habían pasado por la cárcel, o que deberían estar ahí. Delincuentes que se encubren entre ellos.

—¿Los interrogo?

—No, ya tus colegas se encargan.

Y en efecto, reconocí al agente Le Blanc, a Le Bleue, a Le Jeune y a Karim, más repuesto, pero que aún no recuperaba el aliento, y a otros tres detectives de la comandancia que ya zarandeaban a lo más selecto de los parroquianos.

—Tú te encargarás de otra cosa. Observa la herida con atención.

El comisario levantó con la punta de su bastón el mantel a cuadros rojos, proveniente de algún restaurante próximo, que estaban usando para cubrir al cadáver. El muerto era un hombre de unos treinta años de edad, con bigotes rubios muy largos y una sonrisa socarrona, como si poco antes de morir se hubiera burlado de su asesino. Pero eso no fue lo que más me impresionó: el rostro de la víctima estaba tan verde como una aceituna. Y por si eso fuera poco, en el lado izquierdo de su cuello había dos filas de puntos rojos, del ancho de un clavo. Como si alguien o algo hubiese intentado desgarrar el cuello de la víctima, incluso morderlo. Nunca había visto algo igual.

—Catorce orificios, dispuestos en fila —señaló el comisario.

—¿Qué tipo de arma puede provocar eso? —balbuceé.

El comisario lanzó una larga nube de humo al cielo:

—Observa mejor, detective. Hay algo aún más extraño, Le Noir, y es que a pesar de que la herida fue hecha en el cuello, justo sobre la yugular, el cadáver no tiene una sola mancha de sangre en las ropas.

Y tenía razón. Dije lo primero que me vino a la mente:

—¿Lo mataron en otra parte y vinieron a arrojarlo aquí? ¿Cree que lo trajeron en un vehículo?

El comisario examinó su puro, que se había consumido casi por completo, y arrojó los restos al fondo del callejón:

—Sigues razonando como un humano, Le Noir. Piensa en las otras posibilidades: las que distinguen a la Nocturna. Te llamé porque tú tienes muchos conocidos en el barrio: corre a preguntar si han visto algo.

Me retiré con el rabo entre las piernas y puse manos a la obra.

Es una lástima, pero no hay un manual de procedimientos para quienes trabajamos en esta brigada. Todo sería más fácil así, pero hay que dejarse guiar por la intuición. O los escalofríos.

Sentí que algo me molestaba en uno de los bolsillos delanteros de mi pantalón: era el talismán que me regaló mi abuela, que no debía estar allí. Se supone que debe protegerme, o eso fue lo que dijo ella, aunque de un tiempo a la fecha más bien parece estorbarme.

Bueno, pensé mientras me lo colocaba en el bolsillo interior del saco, si vas a ayudarme te necesito ahora mismo. Casi me arrepentí de pensarlo, pues una oleada de calor subió por mi pecho y noté que mi corazón golpeaba con una fuerza inusual.

Conté hasta diez. Luego, como acostumbro en estos casos, examiné rápidamente a los presentes, en su mayoría meseros y parroquianos de los bares vecinos, algunos borrachos perdidos, las presencias habituales de cada bar, o bien colegas de la comandancia, y pude comprobar que todos eran seres vivos, salvo una notable excepción.

Allí, en la banqueta del bar La Perla, en la última mesita disponible, alguien fuera de lo común bebía un café con leche. Cualquiera que se encontrara medianamente sobrio y lo observara con atención podría notar que de vez en cuando las manos de este individuo atravesaban algunos de los objetos a su alcance (el azucarero, la botellita con leche, las cucharas), e incluso la mesa de madera. Pero todos en los alrededores estaban demasiado ebrios o atareados y no miraban hacia él, sino en dirección del cadáver o de los sospechosos. Así que me acerqué a este sujeto con toda la cautela de que fui capaz. Cuando estaba a dos pasos, el parroquiano percibió mi presencia y alzó el rostro hacia mí. Parecía muy ofendido: a ningún fantasma le gusta que lo sorprendan.

Lo primero que me llamó la atención fue su manera de vestir. Era más elegante que los aparecidos que pueden encontrarse en Le Marais a esas horas, en su mayoría presencias que llevan varios siglos deambulando por ahí, sin preocuparse de renovar sus ropas negras y desgastadas, o bien, personajes de gran elegancia, pero vestidos a la moda del siglo XIX. En cambio, este individuo llevaba un traje verde a cuadros, como dictaba la tendencia de la temporada, una bufanda amarilla alrededor del cuello y una capa color verde oscuro sobre los hombros. Usaba el cabello largo pero cortado por un magnífico estilista, tenía una rosa blanca en el saco y había apoyado un bastón con mango dorado contra la silla más próxima. Un verdadero dandi. Al ver que me detenía frente a él, alzó la ceja y se llevó un pañuelo a la nariz:

—Es la primera vez que un ser vivo logra sorprenderme. Supongo que debe haber una explicación.

—¿Me permite sentarme, caballero? Soy policía.

Como me ha enseñado la experiencia, ante este tipo de seres nocturnos hay que actuar como si estuviesen vivos. Nada los irrita más que ver a la gente asustarse con su presencia.

—Adelante —señaló una silla vacía.

Tenía ante sí una libreta de tapas doradas, en la cual escribía con una letra elegante y fácil de leer. En cuanto me vio sentarme la cerró con un giro de la muñeca, pero pude apreciar que había escrito en varias decenas de páginas. La portada decía: "Un viaje a París".

—¿Lo están tratando bien?

—Sus paisanos son encantadores. ¡Fingen entender mi francés!

—Pues parece que ya ha encontrado hechos dignos de comentario —señalé su libreta.

—Oh, son sólo unos apuntes —el fantasma parecía halagado—. Briznas de la vida después de la muerte… Me limito a registrar lo que veo, sin ninguna pretensión artística, que sería inútil. ¿Sabe que no hay ningún editor entre nosotros? Es muy extraño. A veces me pregunto si no estarán en el infierno. O si no me encontraré yo mismo en una versión del infierno muy peculiar.

—Pues no quería interrumpirlo, pero hay un cadáver en aquel callejón. ¿Podría decirme si vio algo digno de interés en las últimas horas? Además, por supuesto, de lo que está escribiendo en su cuaderno.

Por lo visto le simpaticé, porque guardó el cuaderno en su saco y me observó:

—Vaya, vaya, vaya: un policía cultivado. ¿Le gusta leer, agente?

—Trato de leer un libro a la semana. Poesía y novelas.

—¡Poesía y policía! Eso no se ve ni siquiera en el otro mundo… Déjeme ver… Algo digno de interés… En las últimas horas pude ver cómo entraban y salían las bailarinas del show para caballeros solitarios… Vi a un político famoso entrar a ese hotel, acompañado de dos muchachas que podrían ser sus hijas… Unos poetas muy ebrios hicieron un gran alboroto y siguieron la fiesta en dirección de la Bastille… Nada: lo mismo de las últimas noches.

—Pues ese crimen lo cometió alguien. ¿No vio rufianes sospechosos por aquí?

El fantasma, que a esas horas de la madrugada lucía tan pálido como un parisino en invierno, se tocó la punta de la nariz con el pañuelo antes de responder:

—Me parece absurdo dividir a las personas en buenas o malas, señor detective. Para mí son simplemente encantadoras o aburridas, no las juzgo moralmente… Si se refiere a los delincuentes profesionales, estamos en una calle muy animada, y si observa con atención le aseguro que puede encontrar a los mejores carteristas del barrio tomando una copa ahora mismo en la barra del bar —señaló hacia el interior de La Perla con la punta de la nariz—. Pude verlos trabajar toda la noche: ¡son unos artistas del engaño! Deberían ser actores. Apuesto a que cada uno ha reunido al menos cinco carteras.

Su comentario me hizo sonreír.

—Nunca lo había visto en el barrio —le dije—. Es usted extranjero, a juzgar por su acento…

El fantasma lo pensó por un instante y dijo:

—Soy inglés. Llámeme Horacio. Horacio Wiseman.

En los siguientes minutos me enteré de que el señor Wiseman era uno de los numerosos fantasmas ingleses que rondan últimamente por Le Marais. De un tiempo a la fecha todo tipo de seres sobrenaturales ha venido a vivir aquí, provenientes de otros países de Europa. A muchos de ellos los atrae no sólo el estupendo clima francés, más benévolo que el de Londres o Rumania, siempre cubiertas de niebla, sino también los restaurantes, bares y cafeterías que sirven a cualquier hora y sin hacer preguntas a visitantes muy pálidos.

—¿Qué puede contarme sobre este asesinato?

—Que todo esto es muy aburrido. No hay nada más fácil que vivir mal y morir bien, como le ocurrió a ese individuo… Ningún crimen es esencialmente vulgar, pero ser vulgar es un crimen… y este sujeto lo era. Por lo visto dejaron su cadáver… o lo que queda de él… Pero yo me levanté a buscar un periódico, y cuando regresé a saborear mi café ya se había formado la multitud, de modo que no vi gran cosa. Si está interesado en encontrar un testigo más calificado, ¿por qué no le pregunta a esa señorita vestida de negro? Cuando yo llegué, ya estaba sentada en aquel bar, mejor ubicada que yo para mirar lo ocurrido, y le aseguro que pertenece a ese grupo de mujeres que sólo sale de noche.

Señaló discretamente hacia la acera de enfrente. Al mirar en esa dirección fui deslumbrado. Allí estaba la chica más hermosa que jamás había visto: una melena espesa, que enmarcaba su cutis de mármol, un vestido entallado, una falda plisada, que se agitaba en los bordes aunque no había la menor brizna de viento. Parecía una princesa del siglo pasado vestida de negro. O una flor negra. O, para ser exacto, una estatua de mármol que se paseara en una flor negra.

Al comprender que la observábamos, la flor negra dejó un billete sobre la mesa y se puso de pie, lista para irse.

—Seres como ella siempre están enterados de estas cosas, cuando no intervienen directamente. En cambio, este tipo de muertos son un tema muy poco estimulante para mí. Para mí el arte es el único tema que hay que considerar con seriedad en este mundo —Horacio Wiseman miró su reloj de bolsillo—. Si usted me permite, señor policía, ya va a amanecer, debo retirarme… Vaya, vaya…

Se puso de pie y desapareció de golpe, como si hubiera atravesado una puerta. Lo último que vi de él es que se cubría con lo que parecía una capa verde hecha de humo.

Los fantasmas son pésimos conversadores. Es casi imposible sacarles una declaración, sin contar la facilidad con que pueden escapar a mitad de una frase. Si uno busca testigos, lo mejor es dirigirse a otro tipo de muertos vivientes, como los ahogados que chapotean alegremente en el Sena y siempre están dispuestos a charlar, sobre todo en verano, o los muertos aburridos y observadores que por algún maleficio no abandonan desde hace siglos las plazas públicas de París.

Daban las cinco de la mañana. Tenía que apresurarme si quería alcanzar a la chica de negro. Pero antes de irme estudié a mis colegas de la comandancia. A juzgar por las discusiones que sostenían con sus renuentes interlocutores, no parecían avanzar en las pesquisas. Como me había mostrado la experiencia, la investigación de un policía parisino promedio no tarda en seguir pistas equivocadas y ahogarse para siempre en el mar de la burocracia. Con algunas excepciones, porque podía ser peor: cuando me ponía de pie, Karim se acercó.

—El jefe quiere que busque pistas en los alrededores, pero esto es muy complicado. ¿Por dónde debería comenzar?

Aunque no destaca por su pericia, Karim es uno de mis amigos más cercanos en la brigada. Con el Fotógrafo y el Pelirrojo hemos hecho un buen equipo.

—Busca alrededor del cadáver. Camina una cuadra en dirección de cada uno de los cuatro rumbos cardinales, y si no encuentras nada, amplía el perímetro. Recuerda mirar hacia arriba: detrás de cada ventana hay un testigo probable. Y si ves algo peligroso, toca el silbato y pide ayuda. No intentes hacer nada tú solo.

—Gracias —dijo Karim.

Aunque tenía ya varios meses en la Brigada Nocturna, se veía más nervioso que yo.

—¿Ya regresó el Pelirrojo?

—Aún no.

—Cuando aparezca, apóyate en él. Es quien tiene más experiencia.

—De acuerdo —dijo Karim.

Me escabullí de la escena del crimen y corrí tras la mujer.

Cuando pensé que la había perdido la divisé a lo lejos: torció a la derecha en la primera calle. Corrí con todas mis fuerzas; no supe cómo lo hizo, pero ella ya estaba doblando en la próxima esquina. Era extraño: por más que me esmeraba no lograba alcanzarla. Como si en lugar de seguirla la estuviera soñando.

La joven se detuvo un instante frente al número 122 de la calle Vieille-du-Temple y entró. Un edificio muy extraño, del cual se escuchan frecuentes historias de terror.

Tan pronto crucé el umbral oí que ella subía por las escaleras. Sus tacones sonaron contra las baldosas y una puerta lejana rechinó al ser empujada y cerrada. Calculé que subió al último piso.

Un instante después, al llegar al final de la escalera, noté que sólo había una puerta. Llamé con amabilidad:

—Abra, es la policía.

Entonces escuché una voz de terciopelo:

—Entre y cierre, por favor.

Empujé la puerta y entré. Se me erizó el cabello cuando sus dientes brillaron en la oscuridad.

2

La caminante nocturna

—La policía debe estar muy perdida si sigue a una señorita a mitad de la noche. ¿Y bien? ¿Quién eres tú?

Recobré la compostura lo mejor que pude:

—Soy el agente Le Noir. Quiero hacerte unas preguntas.

—Ponte cómodo. Encenderé una vela porque no tengo luz.

Sentí una corriente de aire frío alrededor de mi cuello, como si alguien hubiera soplado en dirección de mi nuca, y la mujer apareció a mi derecha, portando una vela ancha y olorosa, que colocó en la mesita de centro. No vi el momento en que rodeó el mueble: de golpe estaba sentada en un sillón frente a mí.

A medida que mis ojos se acostumbraban a la escasa iluminación y a la niebla que pretendía colarse en mis ojos comprendí que estábamos en su sala. Era una de las buhardillas más oscuras que había visto en

París, hermética como el interior de una tumba, y la vela poco lograba alumbrar alrededor de nosotros. Hasta donde logré distinguir, las ventanas estaban selladas con gruesas cortinas y una tela color vino recubría las paredes. La decoración ideal para quienes huyen del sol.

—¿Y bien? ¿Por qué no te sientas? —señaló un taburete que apareció de la nada junto a mí.

Las cosas siempre eran así con los de ultratumba. Aunque debía mantenerme en guardia, no tenía razones para desconfiar. No todavía. Tuve que parpadear muchas veces, como si una especie de niebla se hubiera metido en mis ojos. Ella reparó en que observaba su rostro y volvió a sonreír.

Por un instante me pareció que sus colmillos eran más largos de lo normal: dos relámpagos de mármol en el centro de la noche. Me incliné para verla mejor, embelesado y asustado al mismo tiempo, pero en el breve lapso que tardé en acercarme fue como si una nube o un pájaro se hubiera atravesado delante de mis ojos durante un parpadeo. Y de repente todo había vuelto a la normalidad: su sonrisa era sólo una sonrisa bella, en el rostro de una mujer deslumbrante. Su rostro había adoptado una expresión dulce, como si le hubieran crecido las pestañas, y su sonrisa era cándida. Me miró con sus enormes ojos claros, grandes como dos esmeraldas. Yo, que aún estaba un poco desconcertado por los colmillos que le atribuí en un primer vistazo, le dije que trabajaba en la policía, en la brigada nocturna.

—Sí, lo sé —me interrumpió con su voz de terciopelo—. Los nuevos policías que pueden hablar con los fantasmas. Te he visto por ahí.

Hacía mucho que no me sonrojaba. Pero su comentario hizo que la temperatura en la habitación subiera muchos grados de repente. Me pregunté de qué país venía una mujer capaz de mirar de ese modo, con esa manera de morderse los labios y ese modo teatral de moverse.

—Lamento molestarte. ¿Puedo ver tus papeles?

Sin dejar de sonreír, como un gato que puede comerse al ratón en cualquier momento, extrajo un escapulario de entre sus ropas y me lo ofreció. La imagen mostraba a un ave o lagarto de afilados colmillos. Negro sobre fondo rojo. La combinación de ultratumba. Había un nombre grabado bajo la imagen: *Mariska*, y una palabra: *Hungría*.

—¿Qué tipo de ser nocturno eres tú?

—Lo siento, no suelo contar mi historia de buenas a primeras.

—Estás en tu derecho, pero debo hacerte unas preguntas. Acaban de matar a un hombre frente al bar La Perla. ¿Viste algo relacionado con ello?

—No vi nada. ¿Por eso se formó la multitud?

—¿Cómo es posible que no hayas visto el cadáver? Estaba en el callejón, frente al local en el que tú te encontrabas.

—Los crímenes humanos no me interesan. Pero supongo que hay algo más, de lo contrario no habrías corrido tantas calles para alcanzarme. Tú tienes mucho más que decirme…

En cuanto ella dijo eso, tuve la sensación de que las tinieblas que dominaban la sala se espesaban ante mis ojos. Pronto fui incapaz de distinguir su figura y me vi obligado a parpadear para mantener los ojos abiertos.

—Descansa, detective, descansa. Y dime, ¿qué tiene de especial este crimen? ¿Qué te hizo seguirme hasta aquí?

La mujer sonreía. Contra la discreción que recomienda este oficio, le conté detalles que jamás hubiera revelado.

—Tiene una extraña incisión en el cuello...

—No me digas que tiene dos orificios…

—No. Son catorce.

—¿Qué?

—Catorce. Rojizos. Su cara tiene un color tremendo, un tono de verde espantoso. Y no tiene una sola mancha de sangre en sus ropas, a pesar de tener una herida en el cuello.

Mi comentario la dejó boquiabierta. Sonrió con desconfianza y me preguntó:

—¿A qué horas lo encontraron?

Hice cálculos:

—Hace unos minutos. A mí me llamaron después de las cuatro.

Lo pensó por un instante:

—¿Catorce orificios y ni una sola mancha de sangre?

—Ni una. Imposible seguir el rastro de su asesino.

—¿Tú viste el cuerpo?

Asentí.

—¿Y de qué tono de rojo eran las marcas que viste en su cuello? ¿Rojo Burdeos, rojo sandía, bermellón o tirando a rosado?

—Rojo oscuro.

—Tirando a marrón. Eso no es bueno.

Se mordió los labios, inquieta. Mi anfitriona conocía demasiados matices del rojo.

—¿Tenía alguna herida en el corazón?

—¿De bala o cuchillo? No. Hasta donde alcancé a ver, su camisa ni siquiera estaba manchada. Y dado que no tenemos testigos, es como si el atacante se hubiera esfumado. Nadie vio nada, no hay un solo indicio.

La mujer se levantó de la silla, sirvió un puñado de aceitunas en un plato hondo, y lo colocó sobre un taburete que de golpe se hallaba entre nosotros.

—Te ruego que te concentres y me respondas lo que voy a preguntarte. Mientras más preciso seas, mejor podré ayudarte.

Y me planteó una serie de extrañas cuestiones:

"¿Sabes si murió de manera instantánea o, en cambio, sufrió una agonía de larga duración?

"¿Había rigor mortis?

"¿Olía mal?

"¿Su cuerpo fue hecho pedazos o se mantenía íntegro?

"¿Le faltaba algún órgano?

"¿Tenía manchas azules alrededor de los labios, del cuello, o en las puntas de los dedos?

"¿La piel se le desprendía como un guante, o por el contrario, aún se encontraba firme y retozona, como la de un pollo recién comprado en el mercado?"

Cuando terminaba de responderle, se levantó a comprobar que las cortinas estuvieran bien ajustadas. Como a muchos de su especie, la llegada del día le provocaba ansiedad.

En ese instante recuperé algo de lucidez. ¿Qué hacía yo en ese lugar? ¿Por qué le estaba contando todo eso? ¿Qué me obligó a revelarle secretos de la investigación en proceso? Comprendí claramente lo que estaba pasando y me incliné sobre la gran vela en la mesa de centro. Era una vela hipnótica, ¿por qué no la vi desde el principio?

—Perdón, pero me molesta ese humo. ¿Te molesta si lo apago?

—Espera, lo haré yo.

Se recogió el cabello y apagó la vela con un movimiento rebuscado de sus dedos, pero sin tocar el cabo. Como si realizara una especie de pase o invocación.

Por mi parte, me llevé la mano al saco. El talismán de mi abuela seguía en el bolsillo superior, pero desde hacía algunos minutos se había puesto caliente, como si lo hubieran sumergido en agua hirviendo por unos segundos. Tan pronto lo toqué, Mariska respingó en su asiento, como si alguien la hubiera picado con una aguja.

—No eres un policía convencional.

—Y tú, por lo visto, sabes más de lo que dices.

—¿Quieres contar cuántos colmillos tengo, detective? Te aseguro que no son catorce, pero hay maneras de comprobarlo.

—Me basta con tu palabra, pero necesito saber qué hacías en el bar griego a esa hora.

—Fui a beber una copa. Siempre bebo una copa antes de dormir.

—¿Y no viste la multitud?

—La vi, pero no me interesó. Siempre hay muchas personas bebiendo y platicando a la entrada de ese callejón. Además, ya estaba amaneciendo y preferí llegar a mi casa. ¿Eso me hace sospechosa?

—Estoy haciendo mi trabajo.

—Sospechas de mí. Confiesa.

—Confiesa tú. Explica por qué te retiraste de la escena del crimen.

—Porque iba a amanecer. Tenía prisa.

No vi motivos para desconfiar. No parecía el tipo de persona que podría atacar con violencia.

—¿No viste por ahí a alguno de tus conocidos?

—¿Además del ente que bebía café con leche, quieres decir? No, nada inusual.

—Gracias —le dije—. Eso es todo.

—Espera, detective. Dices que el cadáver tiene una cicatriz en el cuello. Me imagino que no tomaron la precaución de perforarle el corazón con una estaca, ¿verdad?

—¿No habías dicho que los crímenes humanos no te interesan?

—Si el crimen lo cometió un ser humano no es de mi incumbencia. Pero si el agresor era *otra cosa*, deberíamos hablar del asunto. Es probable que pueda ayudarte.

Me senté de nuevo y saqué mi libreta: no es fácil hallar a alguien dispuesto a hablar de ultratumba, ni de sus especies vastas y esquivas, acostumbradas a borrar sus huellas. Los pocos testigos que uno puede encontrar ven con desconfianza nuestros esfuerzos, pues en los extraños mundos en que viven la justicia se entiende y se aplica de otra manera.

3

La pista de ultratumba

—Tienes que actuar muy rápido —dijo Mariska—. Quien mató a ese sujeto debe estar desesperado.

—¿Estás bromeando?

—Nunca bromeo. El asesinato fue brutal pero no hay una mancha de sangre; sucedió casi a la vista de todos pero no hay testigos; ocurrió en la vía pública pero no hay pistas: un ser vivo no pudo cometer ese crimen. Y la víctima, hay que estudiar a la víctima. Necesito examinar ese cuerpo en cuanto vuelva a anochecer.

—Sin duda lo conservarán en la morgue hasta que pasen a reclamarlo. ¿Por qué crees que el asesino está desesperado?

—Dices que el crimen se cometió alrededor de las cuatro de la madrugada, ¿o no? Pues bien: estamos en verano y en esta época del año las noches son muy cortas. Si el asesino era un ser nocturno, y atacó a su víctima a esa hora, sabía que apenas tenía veinte o treinta minutos para encontrar refugio antes del amanecer. Ningún ser nocturno correría tantos riesgos, a menos que fuera indispensable.

—¿De qué tipo de ser estamos hablando? ¿Lobos?

—No lo creo: nunca dejan completas a sus víctimas, ni tienen tantos colmillos. Además hace tiempo que no se les ve por aquí. Los últimos que vi estaban en Alemania, hace muchos años… Sería muy desagradable que hayan vuelto a París, no siguen ninguna regla civilizada y dan una pésima imagen a nuestra comunidad. Tienen un aliento a cadáver que apenas pueden disimular.

E ingirió una pastilla de menta.

—¿Y un miembro de tu especie?

—Nadie que yo conozca. Ni de la mía ni del resto de la comunidad. Hasta donde sé, ningún habitante nocturno de la comunidad de París habría atacado de esa manera. Respetamos ciertas reglas de etiqueta, no somos unos salvajes. Siempre ha habido seres nocturnos en esta ciudad. Es una de las capitales del mundo para la vida después de la muerte, pero nadie dejaría a sus víctimas a media calle.

Pensé en las decenas de cadáveres que la policía suele encontrar cada año en el fondo del Sena. Una posibilidad me cruzó por la mente:

—¿Y qué tal un ser nocturno de otro país? ¿Un visitante?

Mariska se quedó pensativa:

—En Londres, a finales del siglo pasado hubo una serie de crímenes en lugares públicos... Un ser nocturno senil, de más de setecientos años de edad, un conde de buena familia pero arruinado, que sufría de estrés, simplemente enloqueció y atacó a todo el que se puso en su camino. Cuando lo detuvieron confesó que había enterrado réplicas de su ataúd en siete puntos de la ciudad, pues pensaba convertir a todos los habitantes de Londres en muertos vivientes. En tu lugar yo iría a investigarlo a él, pues su especie lo condenó al encierro hace tiempo y, para desgracia del gremio, reside en el sur de Francia, en un encierro muy peculiar. Supongo que estás enterado, porque incluso se publicó un libro al respecto.

Como no reaccioné, ella se molestó:

—¡Pero si fue un escándalo! Un miembro de tu brigada tendría que estar mejor informado. Si nunca oíste hablar de él, no estás leyendo los libros adecuados, ni has aprendido a leer entre líneas.

Me ruboricé de nuevo.

—¿Crees que este cadáver tenía algo en común con las víctimas de ese conde? ¿Sus mordidas dejaban catorce orificios dispuestos en fila?

—No estoy segura. Tendría que estudiar el cadáver o salir en busca de nuevas pistas, pero está amaneciendo, así que eso tendrá que esperar hasta la noche… Pero podemos avanzar en algo: sería recomendable que el doctor Pasteur analice el cadáver que hallaron en Le Marais.

—¿Luis Pasteur, el científico?

Mariska asintió con naturalidad.

—El doctor Pasteur es nuestra gran eminencia en el tema. Además del estupendo trabajo que hizo con las bacterias mientras estaba vivo, nada lo ha detenido en los últimos años y sigue investigando. Desde que murió se consagra a las enfermedades que acosan a los muertos. Es uno de los científicos más amables y responsables que conozco. De lunes a viernes puedes encontrarlo en su laboratorio del Barrio Latino. Cuando la mayoría de los investigadores se ha ido, él se queda a trabajar hasta que amanece. Con frecuencia me lo encuentro cuando sale y se dirige al sitio en que reposa. Es una presencia tan frecuente que ninguno de los científicos o de los vecinos de ese edificio se sorprende cuando lo ve por ahí. Todos esperamos con ansias su nuevo tratado sobre la vida después de la muerte.

—¿Quieres que el fantasma de Pasteur revise al cadáver que hallamos hoy?

Mariska se encogió de hombros:

—Si los vivos no pueden resolver el caso… corta un trozo y llévaselo.

Me levanté de la mesa:

—No pienso profanar ese cuerpo.

—No necesita ser un pedazo muy grande… Con una uña sería suficiente… Y ahora que lo pienso, una uña no estaría nada mal… Imagina los indicios que un científico como Pasteur podría encontrar ahí. Esto podría indicarnos dónde localizar al asesino… Me pondré en contacto con Pasteur, siempre ha sido muy amable conmigo. O puedes ir tú. Dile que vas de parte de la doctora Kalakedes.

—¿Kalakedes?

—He usado distintos nombres. Kalakedes es mi seudónimo griego: fui especialista en transfusiones sanguíneas.

Lo pensé por un segundo:

—No puedo quedarme cruzado de brazos hasta que anochezca.

La mujer suspiró:

—¿Realmente quieres llegar al fondo de todo esto?

—¡Por supuesto!

Me miró a los ojos, pero su mente estaba en otra parte. Por fin concluyó:

—Hay algo que podrías hacer en mi nombre… Pero tiene su riesgo.

—Es parte de la profesión.

—Pues bien —suspiró Mariska—, como ustedes, nosotros también tenemos maneras de regular y registrar el ingreso de los seres nocturnos a este país. Hay una comisión que se reúne a evaluar las solicitudes de entrada y, en caso de que lo crean conveniente, hacen llegar una respuesta positiva a los interesados.

Yo no podía creer lo que oía:

—¿Los muertos también emigran?

Mariska se sintió ofendida:

—¡Por supuesto! ¡Viajamos mucho más que los vivos!

—¿Y tienen una oficina?

—No hay manera de escapar a la burocracia, querido: estamos en Francia.

Lo medité un segundo: si existía esa oficina, no había mejor lugar para detectar el ingreso de un extranjero con catorce colmillos.

—¿Qué debo hacer para encontrar ese sitio?

—No será fácil —dijo Mariska.

—¿Por qué? ¿Está en un viejo castillo rodeado de fosos, a las afueras de la ciudad?

—Todo lo contrario: tenemos oficinas modernas, estilo art decó. Están en el cementerio de Montparnasse. Se supone que funcionan las veinticuatro horas, pero la mayoría de los migrantes sólo se aparece de noche. Si vas ahora mismo, no encontrarás tantos seres en fila, aguardando su turno. Dame un minuto…

Mariska escribió unas cuantas líneas en un papel oloroso, lo firmó, lo dobló y me lo entregó en un sobre.

—Toma: esto es para la responsable de la oficina, la doctora Loretta Nero. Dáselo en cuanto la veas, o de lo contrario no lo pensará dos veces para echarte en manos de los celadores, un par de demonios medievales intolerantes… Es imposible dialogar con ellos… Entra por la puerta principal del cementerio, tuerce a la derecha en la primera calle y detente al final de la misma, en la última tumba: la más alta y ostentosa de todas, por cierto. Es la tumba de un dictador mexicano, Porfirio Díaz.

—¿Por ahí se va al otro mundo?

—Sólo a la oficina de migración. Pero hay que pagar para entrar: ya sabes cómo son los políticos. Y necesitarás esto.

Se quitó y me entregó una medallita con la imagen de una pareja:

—Son Romeo y Julieta. Esta figurita nos permite reconocernos entre nosotros.

—¿Romeo y Julieta también eran seres nocturnos…?

—Los más célebres de su generación. Póntela en el cuello, no podrías entrar sin ella. Y otra cosa importante…

—¿Sí?

—Si quieres entrar ahí debes tomar fango del Sena y cubrir tus ropas con él: untarlo en tu camisa, el saco, los pantalones e incluso las botas. Y cada parte visible de tu cuerpo, el cabello incluido. Es la única manera de que pases por uno de nosotros. Hazlo, porque de lo contrario repararán en ti de inmediato y cualquiera de los presentes te atacaría. Si hay alguien violento, trataría de matarte.

—¿Estás bromeando?

—No bromearía con esto... Ahora debes retirarte, se me están cerrando los ojos.

Se pasó las manos por el cabello:

—Volví a olvidar mi reloj en el cementerio. ¿Qué horas tienes, por favor?

—Son las cinco y media.

—Eso explica todo. Si me disculpas...

No advertí en qué momento se cambió de ropa: fue como si hubiera alzado las manos y de golpe un lindo vestido azul y una bata hubiesen aparecido sobre ella. Además, su piel se veía limpia, sin maquillaje, y se alisaba el cabello con amplios gestos de la mano. Por supuesto, me deslumbró. No podía irme, pero ella insistió:

—Vete, vete. No olvides: fango en cada parte visible de tu cuerpo: ropa, cara, pies, cabello, tronco y brazos, o te harán pedazos y te enterrarán. Sumérgete y rueda en las orillas del río, donde el fango es más abundante: pero hazlo a conciencia. Si todo sale bien para ti, te buscaré por la noche, en la comandancia. Y disculpa, pero pronto caeré dormida. ¡Hasta la noche!

Y me echó de allí antes de que yo pudiera oponerme. Los humanos trabajamos y vivimos bajo el sol, pero esta especie lo hace bajo la luna y las estrellas. Hay leyes antiguas que ni siquiera ellos han logrado burlar.

Tan pronto salí de su casa busqué un teléfono y llamé a la oficina. Por fortuna fue la ayudante del jefe quien contestó:

—¿Qué pasa, Pierre?

—Hola, Sophie, ¿ya regresó el comisario?

—Sigue en la calle, interrogando testigos. ¿Todo bien por tus rumbos?

—Hasta ahora sí. Dile que estaré en Montparnasse. Me reportaré en cuanto pueda.

—De acuerdo. Me debes un desayuno.

Sophie, que era un as para investigar en los archivos de la comandancia, me estaba enseñando el sistema de clasificación de la oficina.

—Claro que sí. Tú dirás cuándo… Debo correr.

—Hasta pronto, Pierre. Ten cuidado.

Colgué y fui a la orilla del río, bajo el puente Louis Philippe. Por un largo rato me pregunté si tendría el valor de seguir las instrucciones de Mariska, pues el agua despedía un olor nauseabundo. Estaba buscando el modo de extraer fango de la orilla cuando ocurrió algo extraño: un poderoso escalofrío recorrió mi espalda.

Desenfundé y giré de inmediato, pero no vi a nadie cerca de mí, como no fuera un *clochard* que dormía junto al río, sobre unos cartones, aferrado a una botella de vino. Sobre el puente caminaban los primeros oficinistas y estudiantes, los que habían madrugado, de camino a la universidad o al trabajo. Un par de amantes que se daban los últimos besos y abrazos antes de decirse adiós. Dos tipos de traje, elegantes como embajadores. Y nadie más. Y sin embargo, juraría que alguien me había observado con intenciones poco amistosas. En el bolsillo superior de mi saco, la joya de mi abuela se había calentado de nuevo.

Imaginé a un monstruo de catorce colmillos, aficionado a morder el cuello de los humanos, y el escalofrío regresó. Fue por eso, por encontrar algún tipo de protección contra ese tipo de seres, que me apliqué el fango a conciencia. Sólo así la temperatura de la joya disminuyó.

Cuando ya terminaba, el *clochard* abrió los ojos, olfateó el ambiente y me miró con profundo disgusto:

—¡Qué cosa tan repugnante! ¡La policía está cada vez peor!

Y le dio un trago a su botella.

4

La otra oficina de Migración

Cubierto, convenientemente cubierto por el fango del Sena, e instalado, cómodamente instalado en un sillón de mimbre que parecía tener más de trescientos años, me concentré en esperar mi turno en la Oficina de Migración y Permisos de Residencia para Seres Nocturnos.

Entrar al cementerio de Montparnasse no fue difícil. Bastó con que me identificara como policía ante el velador y el hombre me dejó pasar, luego de echar un vistazo de reojo a mi aspecto tan sucio, cubierto con fango del Sena.

—Me caí hace unos minutos —le expliqué—. Ya sé que me veo raro.

Se encogió de hombros:

—Si yo le contara las cosas raras que he visto…

Bajar al mundo de los muertos fue más complicado. No tardé en localizar la tumba del dictador mexicano, pero, por más esfuerzos que hice, la reja no se movía. Recordé las instrucciones de Mariska y saqué un billete de mi cartera. De inmediato la mano larga y huesuda del expresidente mexicano apareció a la altura de mi rostro y me mostró la palma.

—Orden y progreso —gruñó.

Le entregué el billete, la mano se cerró sobre él y la reja se abrió.

Ha llegado el momento, me dije, y di un paso al interior. Al instante se abrió otra puerta que estaba en el suelo. Me aseguré de que el fango estuviera en su sitio, confirmé que llevaba la medallita de Romeo y Julieta a la vista, y bajé a conocer la burocracia del inframundo.

Cuando llegué, el único ser presente era un cuerpo momificado y recubierto de vendas, que parecía estar allí desde el principio de los tiempos, un objeto de decoración de un mal gusto macabro, pero si lo observabas con atención veías que su pecho subía y bajaba. Con gran lentitud, pero subía y bajaba. Y no pasó nada más durante las próximas horas.

A partir de las tres de la tarde, hora en que sonaron las campanas de una iglesia, la puerta de entrada no dejó de rechinar. Algunas eran almas transparentes, que venían de países en guerra, con esa mirada que sólo el hambre y el sufrimiento pueden desarrollar. Otros eran espíritus más bien ominosos, de presencia pesada, que decían viajar para estudiar francés y ampliar sus horizontes —pero bastaba escuchar sus frases arrogantes y groseras para comprender que estaban condenadas a errar para evadir su sentencia en el Día del Juicio Final—. Y entraron seres curiosos: doce enanitos vestidos con pantalones y camisas blancas de manta, más pañuelos de algodón rojo en el cuello, corrieron a instalarse en el sillón junto al mío. Por lo que pude entender, eran una especie de duendes mexicanos.

—Somos chaneques —dijo uno de ellos—. ¿No tendrá un trabajito para nosotros?

—Podemos cuidar su jardín —dijo otro—. Sabemos peinar las raíces de los árboles en dirección del centro de la tierra, le limpiamos el suelo de maleficios enterrados.

—Y podemos tejer la luz de la luna —agregó otro—. Un jardinero parisino de ultratumba le cobraría muy caro por todo esto. Nosotros le cobramos la mitad.

—O poquito menos, si nos deja dormir en su jardín.

Me cayeron muy bien, y lamenté explicarles que no tengo casa con jardín, sino que habito un cuartito en un hotel de París. Para que no se fueran con las manos vacías, les di un puñado de terrones de azúcar que llevaba conmigo. Los duendes mexicanos me sonrieron y fueron a ofrecer sus servicios a los presentes.

Comencé a preocuparme cuando un grupo de bellas adolescentes fantasmales, de faldas largas y entalladas, se acercaron a estudiarme. Por un momento me mostraron lo afilado de sus dientes pero el disfraz parecía funcionar. Yo rogaba porque la medalla de Romeo y Julieta y el fango del Sena me permitieran pasar inadvertido. Por fortuna, la mayoría de los viajeros tenía cosas más importantes en qué pensar: ¿a quién le gusta perder el tiempo en una oficina de gobierno?

No tardé en comprender que, al igual que las adolescentes, la mayoría de los recién llegados eran distintos tipos de seres nocturnos, y, luego de comprobar que no hablaba ninguna de sus lenguas guturales, o que no tenía ganas de conversar, se dedicaron a mirar el papel que indicaba sus respectivos turnos, luego la entrada a la oficina principal, y así siguieron durante un par de horas, hasta que por fin la puerta dorada se abrió y la encargada salió con una lista en la mano. Era una pelirroja muy bonita. Parecía viva. Me recordó tanto a Sophie, la secretaria de la Brigada Nocturna que me pregunté si no estaría trabajando doble turno en el mundo subterráneo.

Tan pronto vio a la momia, la encargada le dijo que era inútil que siguiera insistiendo, ya le habían dicho que su trámite sería aprobado cuando un traductor certificado del egipcio antiguo al francés moderno estampara un sello oficial al calce de sus papiros. Y de ningún otro modo.

—Sólo le quedan dos siglos para obtener ese sello. Apúrese, o tendremos que repatriarlo… o repatriarla —dijo en voz baja—, una nunca sabe…

La momia se tardó una eternidad en mover su polvorienta quijada, y cuando por fin lo hizo, ésta se le desprendió de una orilla.

En eso, sentí el escalofrío otra vez.

Miré hacia la puerta y vi que una especie de jabalí de dimensiones humanas, con garras dignas de un oso y un grueso hocico alargado, rematado por dos colmillos muy largos, había traspasado el umbral y olfateaba el salón de modo insistente. En cuanto quiso posar un pie en el recinto, los dos demonios que custodiaban la puerta desenfundaron sendas espadas, y uno de ellos le dijo algo en latín —en momentos como ese, lamento ignorar esa lengua. El ser dio un par de rugidos que encogieron mi corazón, pero terminó por calmarse e inclinarse ante los demonios, dio un rugido más leve y entró caminando sobre sus patas traseras, hasta sentarse en el sillón frente a mí. Entonces se concentró en olfatear en todas las direcciones y gruñía con notoria hostilidad hacia mí. Examiné discretamente mi figura y descubrí con gran inquietud que debido a la humedad del ambiente el fango del Sena se había escurrido y comenzaba a formar un charco a mis pies, un charco que ya tenía un espesor preocupante a un costado del sillón.

Por una vez en mi vida, la burocracia vino en mi auxilio:

—¿Qué hace usted aquí? —me preguntó la encargada con desconfianza.

—¿Loretta Nero?

—Propia.

Le entregué la carta que me había dado Mariska. La encargada la leyó y me examinó con curiosidad:

—Sígame.

Avanzamos por un oscuro pasillo, donde una corriente de aire silbaba de modo macabro. Durante mucho tiempo pensé que con tantas corrientes de aire en los edificios franceses se entendía que la gente inventara leyendas de aparecidos y monstruos. Pero desde que entré a la Brigada Nocturna me enteré de que los aparecidos sí existen, y que las corrientes de aire son su método de comunicación favorito.

Al llegar a la primera encrucijada la encargada se dio media vuelta y me encaró:

—Mariska es mi gran amiga, llegamos el mismo año desde Hungría, pero no es buena idea que lo haya enviado aquí, agente Le Noir. Si cualquiera de los presentes lo descubre tiene todo el derecho de comérselo, si es que no lo denuncia ante los celadores para que lo destacen, y yo no podría intervenir. Usted debe estar desesperado para tomar tantos riesgos. ¿Qué es tan urgente que lo obligó a venir aquí abajo?

—Estoy buscando a un ser con catorce colmillos, acostumbrado a morder a los humanos. Hoy encontramos un cadáver con ese número de orificios en el cuello.

La encargada lo pensó un instante y respondió:

—¿Catorce colmillos? Eso es muy extraño. No me imagino quién pueda tener tantos. Los vampiros tienen solamente dos, los hombres lobo, cuatro a lo mucho; en el resto de los muertos vivientes varía, pero nunca son más de seis. Como sabemos en esta oficina, algunos magos egipcios se disfrazan de cocodrilos del Nilo, con muchas hileras de colmillos, pero básicamente lo hacen para tomar el sol sin ser molestados, son colmillos ornamentales. Y dígame una cosa: ¿por qué tiene que buscar entre los inmigrantes? Tan pronto ocurre algún hecho extraño, la policía molesta a los desplazados. ¿Se da cuenta de lo injusto que es su razonamiento? ¿Qué tipo de monstruo dirige a la policía de París? ¿Por qué no investiga a los residentes? En este país, como en cualquier región del planeta, abundan residentes legales que siguen costumbres reprobables.

—Estoy de acuerdo con usted. ¿Puede ayudarme a hallar a alguien que corresponda a la descripción? Un ser capaz de cometer actos violentos. Catorce colmillos.

Loretta lo pensó antes de responder:

—No sería ético que yo señalara a alguien. Pero le diré algo que está en boca de todos... ¿Ha oído hablar del Doctor Frankestein?

—Si se refiere al científico loco...

—No es un científico, es un vendedor de partes robadas. Diseña y arma monstruos bajo pedido... Es difícil de creer, pero hay un creciente mercado para ello, sobre todo entre las bandas de malhechores. De modo que si hay alguien conectado con el bajo mundo, que construye seres bajo pedido, es este doctor, sin duda alguna. Dicen que se aparece en el Mercado de Pulgas.

—Lo detuvieron la semana pasada. Está encerrado en nuestras oficinas.

—Ah, vaya. Se lo merecía —asintió.

—¿Alguien más, que habite en Le Marais?

La encargada hizo memoria:

—Hace poco llegó un ser muy extraño, proveniente de México, que adopta la apariencia de una mujer. Tengo entendido que lo llaman la Llorona, aunque a su llegada se registró como la Malinche, o Malintzin. Un ser muy delicado, que dice buscar a sus hijos y se alimenta a base de lágrimas. Pero no creo que ella pueda ser la culpable. Es muy vieja y casi no tiene dientes.

—¿Alguien más?

—Bueno, están los rusos, siempre están llegando rusos de toda calaña a este país. Hay de todo: desde los fantasmas de grandes hombres, como el conde Tolstoi, un escritor cultísimo, que escribe novelas enormes, y se instaló en la Île Saint-Louis, hasta rufianes de la peor clase, que no saben leer ni escribir…

De repente oímos un ruido terrible, que venía de la sala contigua.

—¡Corra! —la pelirroja me empujó por el pasillo—. ¡Se preparan para lincharlo, alguien lo descubrió!

Y era verdad: los dos celadores se abrían paso al final del pasillo. Pero muchos de los presentes se esmeraban en rebasarlos. Y a la cabeza… A la cabeza de ellos asomó el monstruo con rasgos de jabalí, el que me había clavado la vista en la sala de espera. Tan pronto me vio, rugió tan fuerte que me temblaron las piernas.

—¡Rápido! ¡Salga de aquí!

Me empujó por un pasillo cilíndrico, mientras la multitud corría hacia nosotros. Sobre todo escuchaba a seres de cuatro patas acercarse y los pasos metálicos de los dos celadores, con sus afiladas espadas medievales. De pronto, sentí que el cabello de la nuca se me erizaba, y vi que el ser con forma de jabalí tomaba la delantera.

—Por ahí, ¡pronto!

Señaló una escalera de metal empotrada en la pared.

Salté los primeros peldaños y escalé a toda prisa, sintiendo cómo la multitud se acercaba. Abrí la puerta de salida con mi segundo empujón.

Cuando daba el primer paso hacia el cementerio, una mano huesuda me atrapó por la pantorrilla: era el presidente mexicano, que me pedía una segunda cuota para dejarme salir.

—Orden y progreso...

Arrojé el primer billete que encontré en mi cartera, y corrí con todas mis fuerzas.

El gruñido se escuchó otra vez y luego se detuvo —sin duda el monstruo tuvo el mismo percance que yo con el dictador. Luego, el gruñido se escuchó en alguno de los pasillos cercanos, detrás de las lápidas.

Vi que no me hallaba lejos de la salida del cementerio. Aún había luz de día, aunque era el final de la tarde, pero eso no sería suficiente para asustar a mi perseguidor. Debía salir cuanto antes y entrar a la iglesia o la sinagoga más próxima, territorio prohibido para la mayoría de los seres nocturnos. Recordé que la iglesia de Notre-Dame-des-Champs se encontraba muy cerca de allí. Pero no iba a ser fácil llegar.

Confirmé que había una bala plateada en mi arma y amartillé. Sólo nos dan una caja de balas de plata de cuando en cuando, el presupuesto de la policía de París no es precisamente boyante.

Caminé de puntitas hacia la puerta —una decisión inútil, pues el monstruo parecía depender más del olfato que del oído— y avancé.

Llegaba a la primera encrucijada cuando lo escuché olfatear. Había trepado a la tumba más alta. Entonces miró en mi dirección. Había algo horrible en la mirada casi humana, llena de inteligencia con que el jabalí me miró; tuve la impresión de que su enorme rostro estudiaba mi viejo revólver y se distendió; al instante abrió tanto las fauces que parecía burlarse de mí, la lengua colgando sobre sus dientes. Entonces inhaló varias veces en mi dirección, con gran intensidad, y de golpe descubrí que me estaba quedando dormido. Algo estaba haciendo ese animal, había lanzado algún truco por el cual, literalmente, se me cerraban los ojos. Tuve que concentrarme, como quien sale de un sueño profundo, e invocando toda mi fuerza disparé hacia él. La plata produjo su zumbido característico y la bala rebotó sobre la lápida en que se apoyaba. Mi atacante se estremeció, sobresaltado, y mostró intenciones de lanzarse contra mí, pero se contuvo cuando amartillé el percutor por segunda vez. El jabalí se transformó en un pequeño animal de dientes retorcidos, velocísimo, y huyó hacia el otro extremo del cementerio. En el instante en que iba a dispararle se desvaneció en el aire, cuando saltaba hacia la última fila de lápidas, orientadas hacia el Boulevard Raspail.

—¡Oiga! ¡Oiga! ¿Qué cree que está haciendo? —me reclamó el velador del cementerio.

Antes de que pudiera darle una explicación satisfactoria, se acercó y tuve que esconder el arma. A pesar de su indignación, pocas veces me dio tanto gusto ver a un ser humano otra vez.

—Estoy en una misión oficial —intenté defenderme.

—¿En misión oficial, disparando a las tumbas y con la ropa tan sucia? ¡En plena parranda, diría yo! Borrachos haraganes, salen todo el tiempo de la nada, nunca entiendo dónde se esconden en este cementerio.

Me puse de pie y descubrí algo inquietante: apenas tenía fuerzas para caminar. El velador me tomó del brazo y prácticamente me cargó hasta la puerta, que cerró detrás de mí.

—¡Y lo reportaré con su jefe! —me dio la espalda y fue a su oficina.

Yo ubiqué la iglesia de Notre-Dame-des-Champs y avancé hasta ella trastabillando y con las mayores precauciones. Tenía que refugiarme allí.

El interior era fresco y silencioso. Cuando comprobé que nadie me acechaba fui hasta una de las bancas centrales y me derrumbé ahí. Me sentía exhausto, como si hubiera corrido un maratón. El sueño me jaló hacia lo profundo y dormí. Dormí durante varias horas.

Desperté aterrado y ansioso y aunque sabía que debía reportarme con el jefe, aún tardé un par de horas en reunir la fuerza necesaria para ponerme en pie. Jamás me había sentido tan débil.

Poco a poco advertí otra sensación preocupante: ahora había un extraño vacío en una parte de mi cuerpo que no podía determinar. O para ser preciso, una extraña melancolía, como si hubiera perdido para siempre a alguien muy querido. Y esa melancolía me impulsó a actuar.

Mientras más lo pensaba, más me preocupaba lo que diría mi jefe por el escándalo que produje en el cementerio, por no mencionar que llegaría con las manos vacías, sin una pista que valiera la pena. Pensando que sería mejor enfrentar su mal humor cuanto antes, decidí ir de inmediato a la oficina, en lugar de pedir refuerzos y aguardar. Salí y, luego de comprobar que me quedaba un billete, detuve al primer taxi que pasó: le pedí que me llevara a las oficinas, sobre el muelle más famoso y temido de París, el legendario Quai des Orfèvres.

5

Cuando Scotland Yard se equivoca

Tomé dos expresos en el café de la esquina y sólo entonces reuní la fuerza suficiente para encarar al comisario McGrau. Por desgracia, el jefe no estaba nada contento con mi desaparición.

—¿Conque estaba siguiendo a un sospechoso? ¿Y qué resultados obtuvo?

—Nada aún, comisario, pero espero tenerle algo muy pronto.

—¿Y para eso necesitaba mancharse de lodo y extraviarse durante más de doce horas? ¡Huele usted a materia putrefacta!

—Me caí en el Sena, comisario.

El jefe me estudió y quizá tuvo piedad de mi aspecto melancólico, porque rugió:

—Vaya a lavarse y póngase ropas limpias. Es una vergüenza para la brigada. Y le informo que una vez que hayamos aclarado este caso, deberá trabajar horas extra durante dos meses. Póngase a trabajar.

—Sí, patrón.

Pero antes de cambiarme fui a ver a Karim. Cuando llegué a los archivos, éste revisaba expedientes con un gesto de fastidio. Mi colega no soportaba estar mucho tiempo encerrado.

—¿Qué te pasó? —se tapó las narices—. Uy, vete de aquí, hueles a muerto.

—Me metí a un sitio prohibido y me persiguió un jabalí de dos metros.

—¿Era un ser vivo?

—No estoy seguro. Supongo que no.

—¿Le contaste al comisario?

No respondí.

—Debiste contarle, Pierre. Como él dice, las cosas extrañas son una pista.

—Se lo diré cuando esté menos enojado, esta pista casi me mata… ¿Hay algo nuevo?

—Sophie identificó a la víctima.

—¿De verdad? ¿Cómo lo hizo?

—Encontró su retrato entre las órdenes de captura emitidas por Scotland Yard.

—No descansa un minuto.

—Pero no tiene sentido. Según los ingleses, el rostro y las huellas digitales del cadáver que encontramos hoy por la madrugada corresponden a las de John O'Riley, un escocés que radicaba en Londres.

—¿A qué se dedicaba?

—Ese es el punto. O'Riley vivía de robar y falsificar pasaportes, y debió ser muy bueno en su profesión, pero insisto, la información que nos mandan no tiene sentido. No corresponde con el cadáver que hallamos en Le Marais. Tendremos que desechar esos datos y seguir buscando.

—¿Por qué? Scotland Yard rara vez se equivoca.

—Porque, vaya que eres necio, según ese expediente, John O'Riley murió hace cien años. Y al cadáver que encontramos en Le Marais lo mataron esta madrugada, ¿no es así?

Eso venía a darle un vuelco a las cosas. ¿Cómo era posible que O'Riley hubiese muerto en 1827?

—Yo diría que Scotland Yard se equivoca, pero la otra opción —bromeó Karim—, es que O'Riley murió hace cien años, vino de vacaciones a París y lo mataron de nuevo hoy por la madrugada, cuando estaba bebiendo en el centro de la ciudad.

Me arrojó el periódico vespertino. Habían puesto en la portada la fotografía del misterioso cadáver, y el titular decía: "El extraño asesinato de la rue Vieille-du-Temple / La policía, sin pistas".

—¿Sabes si el doctor Rotondi terminó?

El doctor Luciano Ignazio Vespasiano Rotondi era nuestro médico forense. Una de las mentes más brillantes de la criminalística en Francia.

—Estuvo todo el día trabajando en el difunto de hoy, está muy desconcertado. Y cuando le informamos que el cadáver, ejem, había muerto cien años antes, dijo que le echaría un segundo vistazo.

Si quieres verlo, date prisa. Hoy va a retirarse temprano. Enfermó, o por lo menos se declaró enfermo.

—¿Qué quieres decir?

—Que a raíz del cadáver que recogimos hoy por la madrugada y de las noticias sobre su larga edad corren rumores por la oficina… Ya te podrás imaginar… se habla de seres nocturnos que deambulan durante más de cien años después de su fallecimiento… de muertos que se levantan de su lugar de reposo para morder a los vivos y beber su sangre, de una rebelión de muertos que despiertan y se resisten a entrar en la tumba… Por eso su eminencia, el doctor Rotondi, dijo que hoy se retira temprano. ¿Tienes miedo a los muertos vivientes, Le Noir?

Me mordí la lengua antes de responder:

—Claro que no.

—Qué bien, porque el doctor te espera con el cadáver de hoy. El de la sonrisa burlona.

Me lavé el fango lo mejor que pude en el baño de la comisaría, tomé ropas limpias prestadas de la bodega y, luego de estudiar el informe de Scotland Yard a conciencia, salí de allí con el periódico doblado bajo el brazo y me dirigí a la morgue. Tenía que hablar con el doctor Rotondi, pero, cosa extraña, a medida que me acercaba a sus oficinas volví a sentir ese escalofrío en la nuca. Y la joya de mi abuela volvió a calentarse en mi bolsillo.

6

Cómo evitar que un cadáver
se convierta en vampiro

Cuando llegué a la oficina forense, el doctor Rotondi se mostró muy feliz de que lo acompañara en sus labores:

—Qué bueno que llegaste, bambino. Ya casi es de noche y este invitado me tiene nervioso.

Y señaló al cadáver que habíamos encontrado, dispuesto sobre un cajón abierto en la sala de disección. Se veía más verde que en Le Marais.

—Tardé más de la cuenta, porque no es lo único inusual que ha llegado. De un tiempo a la fecha, caen muertos cada vez más extraños en esta oficina.

Rotondi abrió uno de los largos cajones en que guardaba los cuerpos que había examinado. Era un cuerpo de mujer.

—La atacaron con un cuchillo… Pero es lo más inquietante que he visto en mucho tiempo…

—¿Por qué lo dice?

Rotondi se echó hacia atrás y encendió un cigarro:

—Cuando decidí dedicarme a esto, me enviaron a Inglaterra a tomar un curso de medicina forense. Yo soy un hombre nervioso y sensible y todo lo que he visto me impresiona, pero pocas cosas me marcaron tanto como las prácticas que hice en Londres. Una vez me tocó revisar el cuerpo de una muchacha asesinada por un demente, con una saña descomunal. El asesino empleaba un cuchillo muy largo y se especuló que era zurdo, porque los cortes fueron de izquierda a derecha, siempre con una gran fuerza y crueldad. En algunos casos llegó a dar hasta treinta y nueve cuchilladas a sus víctimas en el cuello, el abdomen y el vientre. Pensé que no volvería a ver nada como eso, hasta hoy por la mañana, en que nos llegó el cadáver de una turista inglesa, que fue asesinada ayer por la tarde. Vea: tiene los mismos tres tipos de heridas: cuello, abdomen y vientre. Cuchillo profundo. Cortes de izquierda a derecha. Exactamente los mismos.

—¿Está hablando del asesino de Whitechapel? ¿El que la prensa bautizó como Jack el Destripador?

—Así es. Ocurrió en Inglaterra, en 1888. Pero estamos en 1927.

—No podría ser la misma persona —dije—. Han pasado, déjeme ver, treinta y nueve años. ¿Quién está llevando el caso?

—Tu amigo Le Rouge. El pelirrojo.

—Es un maestro. Lo atrapará. Lo inquietante es que repita el mismo estilo para matar. ¿Usted qué opina, doctor?

—No sé qué pensar —Rotondi tomó y aspiró un cigarro—, pero aquí está la evidencia. La misma técnica furibunda. La misma locura, aplicada en víctimas jóvenes, muy similares. Si estuviéramos en Londres, en 1888, diría que se trata del mismo asesino. ¿Cómo te lo explicas?

Los dos guardamos silencio.

—Exacto —Rotondi cerró el cajón con el cuerpo de la mujer—. Nadie se atreve a decirlo. Es difícil ser un científico frente a hallazgos como éste. Y cada día hay más. El mundo cambia. Cosas extrañas ocurren. ¿Qué podemos esperar en los próximos años? La gente enloquece, sigue a políticos locos, pronto tendremos un presidente loco en este país.

El forense me ofreció un cigarro, que rechacé, y encendió otro para sí mismo.

—¿Y del muerto que encontramos en Le Marais, ha descubierto algo, doctor?

Rotondi me miró con suspicacia:

—Todo en ese cuerpo es extraño, júzgalo tú mismo. La textura de su piel, que de primera impresión recuerda a la cera. Por no hablar del color verde intenso, la herida misteriosa, los catorce orificios, y que no tenga una gota de sangre en el cuerpo.

—¿Qué?

—Tal como lo oyes. Cuando tratamos de drenarlo nos dimos cuenta de que no tenía una gota de sangre. Es como si alguien lo hubiera llevado previamente a otra morgue y lo hubiera vaciado antes de abandonarlo en la calle.

—Eso sería difícil. Muy complicado.

—Sólo eso explica el hallazgo. No quiero imaginar qué tipo de máquina o animal podría vaciar a una persona de toda su sangre en menos de lo que canta un gallo. Pero si exceptuamos los catorce orificios, no tiene otras heridas ni huellas de agujas, de modo que la sangre, que no provocó una sola mancha en su cuerpo, debió salir al instante. O antes, pero ¿quién podría vivir sin una sola gota de sangre? Está todo en mi informe, puedes leerlo.

Rotondi colocó los cinco folios escritos a mano sobre su escritorio y limpió las cenizas de su cigarro, que cayeron encima. Entonces añadió, con acento grave:

—No quiero ni imaginar, pero…

—¿Pero qué?

Rotondi sonrió:

—No, vaya, son supersticiones. ¿Has oído hablar de Los Que Regresan, Le Noir? En mi pueblo decían que ciertos difuntos siempre regresan por su cuerpo la primera noche después de su muerte. Y pobre del que esté cerca de él. Si te vas a quedar a estudiarlo, no te sugiero que te quedes así, sin protección especial.

—¿A qué se refiere?

—Ten —me entregó un collar de ajos—. Me lo trajeron hace rato tus colegas, como broma, pero yo en tu lugar me lo pondría alrededor del cuello. Y me llevaré otro conmigo a mi departamento, no quiero visitas nocturnas.

—Doctor Rotondi, no me diga que cree en esas leyendas…

—No claro que no, pero como tampoco he escuchado que los muertos vivientes respeten a los hijos de italianos, me voy a descansar a mi casa. Que pases buena noche, Le Noir, fue un placer conocerte y quedas en buena compañía. Dejaré entreabierto el cajón del difunto para que puedas identificarlo. Si pretende levantarse, enciérralo bajo llave.

Rotondi se puso el sobretodo y se despidió con un amplio gesto de la mano.

No tardé en comprobar qué tan grande es la soledad de la comisaría a esas horas de la noche. Instalada en el último piso, la morgue se volvía uno de los sitios más fríos y ominosos. En cuanto el doctor salió me rondaron los ruidos del edificio, tan viejo y tan próximo al río. Las corrientes de aire que parecen llorar por los pasillos. Los crujidos inexplicables de la madera. Pasos y risas que se acercan aunque no haya nadie a la vista. ¿Qué estaba haciendo yo ahí?

Hace tres años yo era un adolescente que veía cosas raras. Los objetos se movían en mi habitación cuando yo estaba distraído. Las puertas se abrían, pero no había nadie detrás. Escuchaba pasos o voces sin poder ubicar su procedencia. Cuando creí que me estaba volviendo loco, el día del sepelio de mi abuela, conocí al comisario McGrau, que me tendió la mano:

—Tengo un lugar para personas como tú.

Y así fue que entré en la Brigada Nocturna. Con el Pelirrojo, soy uno de los dos más antiguos. Los demás no han soportado tanto. La mayoría se retiró, uno desapareció, a otro hubo que internarlo provisionalmente en un manicomio. Aunque la Brigada Nocturna está integrada por una docena de agentes, algunos de los cuales radican en diversas ciudades de provincia, mi grupo de confianza lo integran cuatro personas: Karim, el Pelirrojo, el Fotógrafo y yo. Hace rato que no vemos al Pelirrojo. ¿Cuánto tiempo falta para que desaparezca yo también?

Como si me faltaran motivos de preocupación, el reloj de una iglesia cercana dio las doce campanadas.

Algo rechinaba en algún punto de la habitación. La vieja madera se retorcía por la humedad. O quizás no.

Toqué la joya que me había obsequiado mi abuela: el cristal estaba frío como el mármol. Aún así, tardé unos minutos en acercarme al escritorio del doctor Rotondi. Y es que antes debía pasar frente al cadáver de O'Riley.

Por fortuna, el cuerpo de O'Riley no se movía. Los catorce orificios muy visibles en su cuello. ¿Qué tipo de monstruo, o de cocodrilo terrible tiene catorce colmillos? No quería ni imaginar a qué me iba a enfrentar.

Rotondi había dejado una copia de su informe preliminar sobre el escritorio: "Sin duda éste es uno de los cuerpos más extraños que haya examinado en mi carrera", afirmaba. "La víctima de este ataque, un sujeto varón, de alrededor de treinta años, tez blanca y cabello rubio rojizo, no tenía una sola gota de sangre en el cuerpo: como si lo hubiera vaciado un experto. Las únicas heridas que detecté se encontraban debajo del cuello, sobre la yugular izquierda, y debieron hacerse con un instrumento que presentaba catorce picos puntiagudos, largos como clavos, afilados como un raro y macabro tenedor, capaz de cortar la vena con una precisión sorprendente, dejando un leve rastro color marrón, como el que se desprende del óxido ferroso. Se diría que el asesino es cirujano o carnicero. Es extraño que las ropas de la víctima no presentaran abundantes manchas de sangre y que tampoco hayamos encontrado rastros de la misma en el sitio en el que fue recogido el cuerpo. Como si le hubieran extraído previamente los cinco litros de sangre que le correspondían a ese individuo de acuerdo con su talla y su peso… Y lo confirmo: la víctima no falleció por un derrame sanguíneo, sino por causas desconocidas, pues el desgarre de la yugular no fue el origen de su muerte: es como si le hubieran retirado la vida de repente, mediante un método desconocido hasta el momento."

Dejé de leer el informe, cada vez más nervioso, y me senté en la silla del médico. *Retirarle la vida de repente. Por un método desconocido hasta el momento.*

Bueno, me dije, mientras más pronto, mejor. Me puse un par de guantes de caucho y me acerqué poco a poco al cajón. Los pies del cadáver formaban un bulto bajo la discreta tela que recubría el cuerpo. Aunque sabía que era inevitable, no tenía ganas de cortarle una uña.

Me vi obligado a abrir el cajón por completo, a fin de alcanzar las uñas de los pies… No quería ni imaginar lo desagradable que sería tomar una de sus manos. Por fortuna el cadáver seguía tan quieto e inmóvil como estaba por la madrugada. Sólo los ojos y la boca seguían abiertos y mirando hacia el cielo.

Estaba terminando de cortar la uña y de colocarla con unas pinzas en un recipiente de vidrio cuando tuve la impresión de que el cabello y la cabeza del muerto se movían. Y que un ojo azul entreabierto me clavaba la mirada. Por poco salto al escuchar una voz que decía:

—¡Déjame entrar!

Volví a respirar al comprobar que era Mariska quien tocaba en el cristal de la ventana. Al ver la cara de espanto que puse se cubrió los labios para no reír.

—¿Cómo subiste hasta aquí?

—Por favor, no es tan difícil.

—Está abierto —le dije, pero ella insitió:

—Ya conoces la tradición…

—Está bien: Pasa, eres bienvenida.

Aunque puedan volar hasta el último piso de un edificio tan alto como las oficinas de la policía, la mayoría de los seres nocturnos debe pedir permiso antes de entrar. Leyes antiguas mandan sobre ellos.

—Gracias —se sacudió las gotas de lluvia—. Siempre está lloviendo en esta época del año.

Mariska se quitó la capa, la colgó en el respaldo de una silla y recorrió el espacio con curiosidad.

—Nunca había entrado a las oficinas de la policía, nadie me lo había permitido: te lo agradezco. Vaya lugar tan interesante.

—¿Por qué no viniste antes? —le reclamé—. Llevo un buen rato tratando de averiguar qué pasó.

—Estaba esperando al doctor Pasteur.

—¿Qué?

—¿No lo viste? Estuvo aquí, trabajando al lado de Rotondi. Míralo, allí está de nuevo.

Casi salté de la silla, porque allí, en el despacho de Rotondi, estaba el famoso doctor Luis Pasteur, extendiendo una mano hacia mí.

—Dice que si le permites la muestra —me explicó Mariska. El doctor señalaba la uña que yo llevaba en el recipiente de vidrio.

El doctor tomó la muestra, la llevó a una de las mesas de trabajo de Rotondi y la estudió por unos minutos. Yo respiré de nuevo.

—¿Creías que el cadáver iba a robarte la sangre? —Mariska sonrió con ternura.

—Me hubiera gustado que llegaras antes. No es un lugar agradable.

—Será un minuto. El doctor ya terminó.

Pasteur retiró la muestra del microscopio y la colocó en el recipiente de cristal.

—Doctor, ¿hay algo de qué preocuparse? —sonrió Mariska.

El científico meneó la cabeza y susurró algo incomprensible para mí. Mariska tuvo que traducir:

—Dice que si el cadáver no se levantó hoy a las seis de la tarde, ya no va a hacerlo hasta el Juicio Final. Es evidente que no forma parte de la especie de *Desmodus Rotundus Sapiens*, comúnmente llamados vampiros, ni de otras variantes de los muertos vivientes… Pero fue un muerto viviente, hasta hace unas horas.

—¿Está seguro?

El doctor meneó la cabeza y volvió a susurrar algo en su lenguaje incomprensible para mí. Mi amiga repitió varias veces "Qué interesante", y cuando el doctor terminó, tuvo que explicarme otra vez:

—El doctor dice que hay muchos, muchísimos tipos de muertos vivientes y seres fantasmales, tantos que se necesitaría una legión de científicos para descubrirlos y clasificarlos a todos. Desde las potencias que duermen miles de años y se encuentran en sitios profundos y olvidados, hasta la población de muertos vivientes y espectros que deambulan por la Tierra en cuanto la luz y sus respectivas maldiciones se los permiten. Este cadáver era de esos. Por lo que el doctor puede apreciar, la descomposición de las uñas demuestra que el hombre dejó de vivir hace un siglo aproximadamente, pero seguía en movimiento, animado por algún tipo de condena, o quizá movido por un amuleto muy poderoso. La sangre se la retiraron hace mucho tiempo, en el momento de su muerte original, y fue por eso que no sangró ni una gota al ser atacado hoy. En cambio, se desplomó cuando alguien o algo le retiró la condena, o el amuleto que le permitía seguir entre los vivos.

El doctor Pasteur se lavó las manos con jabón, se colocó sombrero y gabardina y añadió algo más. Mariska fue a despedirlo a la puerta:

—Le agradezco tanto…

Pasteur me dirigió una mirada, le dijo algo a Mariska y se desvaneció al cruzar la puerta.

—Dice el doctor que deberías darte un buen baño. Estás lleno de bacterias del Sena. Eso no está nada bien.

Antes de que pudiera reclamarle, mi amiga agregó:

—Yo también quisiera hacer una inspección rápida. ¿Tienes guantes de caucho? No quisiera contraer una infección, como advierte el doctor Pasteur. No te imaginas la fauna que los muertos vivientes pueden transportar en la piel...

Le di otros guantes y ella se inclinó sobre el cadáver. A medida que lo examinaba, Mariska se fue poniendo seria, hasta que terminó por decir:

—En efecto: ni esa herida fue causada por un depredador ni esa técnica para desangrar se utiliza en el mundo civilizado. No te equivocabas en tus intuiciones, Pierre. ¿Estás muy cansado? Luces un poco pálido.

—Hace una hora creí que iba a desmayarme, pero ya estoy repuesto.

—Ven, vamos a mi casa, tengo que recoger velas, amuletos y arreglar un asunto. También necesitaremos un ejemplar del periódico o una sombrilla.

—Aquí tengo un periódico, ahí hay un paraguas del doctor Rotondi. ¿Para qué requieres todo eso? ¿Es para algún tipo de encantamiento?

—No, sólo quiero evitar que mi abrigo se moje. Es de un terciopelo muy fino. ¿Crees que podemos bajar por las escaleras?

—¿Y si encontramos a alguno de mis colegas?

—Me esconderé detrás del paraguas.

Y se dirigió a las escaleras. La seguí. Frente a esa sonrisa no había escapatoria.

7

Un diletante

Para mi sorpresa, Horacio Wiseman tomaba café con leche en el departamento de Mariska. A esa hora las gruesas cortinas de terciopelo se hallaban abiertas y rayos de luz de las farolas se filtraban aquí y allá, de modo que la sala se iluminaba de un modo sutil y agradable, y el cuerpo del fantasma se desvanecía o se transparentaba según lo tocaba la luz, como si fuera un ser de cristal. Al verme, elevó las cejas:

—Así que este es el policía del que hablabas. El lector de poesía.

—¿Se conocen? —el encuentro me tomó por sorpresa.

—Es uno de mis grandes amigos en Londres. Cuando viene a París, se queda conmigo. ¿Quieres un café? —Mariska me hizo pasar y la lumbre se encendió a sus espaldas, en una chimenea pequeña, que no había notado antes.

Al ver el diario que yo llevaba en las manos, Wiseman sonrió:

—Ah, las noticias. El placer de tomar café con las noticias.

El inglés hizo un movimiento con los dedos y el periódico saltó volando hacia sus manos. Acostumbrado cada vez más a ese tipo de manifestaciones, no me lo tomé mal, pero esos rasgos de los fantasmas me desesperan.

—¿Estás seguro de que te sientes bien? Te ves pálido y triste. Desconsolado.

—Sí, se ve melancólico. Otra víctima de la bilis negra que necesita un café… Cuéntame una cosa —pidió Horacio—, ¿cómo es que logras ver a los muertos?

—No es difícil ver gente muerta en París, sobre todo después de la Gran Guerra.

—Sí, pero los otros los ven fugazmente; nunca platican con ellos. ¿Cómo lo haces tú, detective?

—Me temo que es un secreto profesional.

Aproveché que una taza de café con leche llegó volando hasta mí, y guardé silencio. Horacio comprendió que no iba a ahondar en ello y cambió de tema:

—Y bien, agente. ¿Cómo va tu investigación?

—Supongo que avanza, porque intentaron matarme.

—¿Intentaron matarte?

—¿Quién te atacó? —Mariska frunció sus bellas cejas diminutas—. ¿Por qué no me lo dijiste?

Cuando les conté lo que me había pasado en el cementerio, Mariska y el fantasma me miraron con preocupación.

—Corrí un riesgo innecesario, y no encontré nada —concluí—. No tengo una sola pista que valga la pena.

—Nada de eso —Mariska calculaba sus palabras—. Ya sabes que si alguien con catorce colmillos entró a París, no lo hizo por una vía autorizada, sino ilegal. Y sabes que te sigue un ser nocturno, querido.

—¿Te refieres a la cosa del cementerio?

—Vamos a llamarlo así. ¿Puedes describirlo?

—Era más alto que yo, medía unos dos metros. Sus garras eran enormes y tenía la cabeza de un jabalí. Su rugido era horroroso. ¿Conocen algo así?

—No debe ser parisino, de ninguna manera. Los seres locales nunca rugen, les parece de mala educación. Parece tratarse de un ser más agresivo y brutal, que no debería estar aquí —dijo mi amiga.

—¿Por qué lo dices?

—Ese tipo de seres necesitan un permiso especial para entrar a esta ciudad. Lo tienen prohibido, bajo riesgo de enfrentar la extinción definitiva. ¿Le contaste al comisario?

Me sonrojé.

—Debiste hacerlo. Es el tipo de cosas que él debería saber.

—Lo siento. Se lo contaré hoy mismo.

—No hay mucho tiempo. Si tu descripción fue precisa, sé dónde podríamos encontrarlo. Pero dime una cosa: ¿te sientes bien? Luces exhausto...

—Eh... Ulalume... —Wiseman se dirigía a Mariska.

—¿Ulalume?

—Así es como me llaman en Londres —encogió sus hombros deliciosos—. Uso diversos nombres, por razones de seguridad.

Y se dirigió a Horacio:

—¿Qué hay, corazón?

—A este tipo yo lo conocí —Horacio Wiseman señaló la foto de O'Riley en el periódico—. Trabajaba en los alrededores de Trafalgar Square. Era un sujeto insoportable, un rapaz sin sentimientos, siempre dispuesto a aprovecharse del viajero y del débil. Vendía pasaportes robados o falsificados, todos a precios exagerados, no se apiadaba de viudas ni huérfanos y los remataba al mejor postor. Un ladrón abusivo. Muchísima gente juró darle su merecido, y creí entender que lo mataron. Pero por lo visto, la muerte no ha sido obstáculo para truncar su carrera.

—Hasta hoy.

Horacio se encogió de hombros:

—Nada nos asegura que no se levantará en unas horas.

Y dio un nuevo trago a su café. Yo no podía creer lo que oía:

—¿Por qué habría de revivir? ¿Y cómo lo haría?

—Hasta que averigües quién lo mató, y si partimos de que parece una variante desconocida del parasitismo, todo es posible, detective.

—Por el momento, que el falsificador reviva de entre los muertos es sólo una hipótesis. Y según dice usted, era un tipo muy odiado. ¿Quién cree que pudo matarlo? —miré a Horacio—. Por lo que me dice, hay cientos de personas que desearon su muerte.

—No solamente personas —agregó Horacio—. Digamos que cubría una especialidad muy particular, en esto de los pasaportes. Ulalume, ¿me pasas el azúcar?

—Estás tomando demasiada —Mariska le envió sólo un cubito—. Además, no sé si Pierre deba saber todo esto.

—Los fantasmas no engordamos, alguna ventaja debía tener esta condición. Y Pierre está preparado para saber eso y más.

—Horacio —insistí—, ¿a qué se refieren?

Mariska y el fantasma se miraron un instante. Horacio puso el terrón de azúcar en su café, lo removió y lo bebió: una sonrisa inmensa iluminó su rostro:

—Ah, qué maravilla, qué maravilla. Sólo los vivos hacen tan bien estas cosas.

Por fin puso la taza en la mesa y me miró:

—Los clientes del muerto no eran humanos. El ahora difunto señor O'Riley acostumbraba vender pasaportes a migrantes como yo, muertos vivientes que tenían prisa por dejar su país. Conozco a más de un aparecido que le compró documentos a él.

Me quedé estupefacto.

—Aprendió, no me preguntes cómo, a falsificar pasaportes de ultratumba. Y vaya que le iba bien. Tenía una técnica infalible para retratar a todo tipo de muertos vivientes, claro, con el consentimiento de éstos. Pero *Quien vive más vidas que una sola / más muertes que una debe morir.* También entre los muertos vivientes hay grandes canallas.

—Si el asesino resulta ser un muerto viviente, la policía se verá obligada a tomar medidas radicales. Habrá una persecución contra todos ustedes.

—No saques conclusiones aún, detective. No nos juzgues a todos por los actos de un criminal.

—Creo que no me lo están diciendo todo.

—Pregunta lo que quieras —dijo Mariska.

—¿Saben dónde vivía O'Riley?

El fantasma y Mariska se miraron una fracción de segundo, hasta que Horacio asintió.

—Puedo llevarte —dijo ella—. Pero se encuentra en un lugar poco recomendable.

—¿Dónde es?

—En la Calle del Infierno.

—Que yo sepa, en todo París no hay una calle que se llame así.

—Siempre la ha habido —dijo Mariska, y adoptó una expresión solemne—. Pero ustedes no lo saben.

—Una de las muchas cosas que los vivos ignoran sobre la ciudad en que viven —el fantasma sonrió.

—¿Vienes con nosotros, Óscar? —le preguntó Mariska.

—¿Óscar? —pregunté yo— ¿Es un segundo nombre?

—Fue mi nombre. Horacio es el que uso actualmente —dijo el fantasma—. Quiero evitar que me asocien con ciertos sucesos desagradables que me ocurrieron en vida.

—En vida era escritor —dijo Mariska—. Uno de los mejores del mundo.

Entonces comprendí qué era lo que escribía en su libreta, y quién era él.

—¿No será usted…? ¿Usted fue…?

—Quién fui o quién soy no te ayudará a resolver este caso. Yo me quedo aquí hasta que haya leído el periódico. Buena suerte, detective —el visitante abrió el diario en la sección cultural—. Ah, magnífico, están reeditando mis obras completas en Gallimard… No estaría mal que pasara a cobrar regalías. Hace una eternidad que no cobro mis derechos de autor.

—Hasta pronto… Óscar. Espero verte de nuevo.

El escritor sonrió:

—Claro que nos veremos, de un modo u otro, tarde o temprano… Los humanos son tan divertidos… Si supieran lo difícil y lo extraordinario que es estar bajo la luz, y cuánto tiempo hay que esperar para volver a estar bajo ella…

El inglés extendió su mano hacia el rayo de luz de las farolas, como si disfrutara tocarlo.

—Vámonos —me apremió Mariska—. En la Calle del Infierno no esperan para siempre.

8

La Calle del Infierno

Como saben los seres nocturnos, cada calle de París tiene un nombre oficial y un nombre secreto. La calle Denfert-Rochereau, me explicó Mariska, fue la Calle del Infierno desde el principio, nombre que muchos alcaldes se han apresurado a cambiar. Pero la Calle del Infierno es más antigua que la Edad Media. Comienza en el lado este de los Jardines de Luxemburgo, donde se cruzan Saint-Michel y la calle Monsieur-le-Prince, y termina en la entrada de las catacumbas, en la plaza Denfert-Rochereau.

—Incluso para nosotros, para los que no estamos vivos, la Calle del Infierno es un lugar de cuidado. Hay que extremar precauciones.

Mariska encendió una vela diminuta y la puso en la calle, frente a nuestros pies:

—Hay poco tiempo. Iremos volando hacia allá.

—¿Volando?

—No podemos perder un segundo.

Mariska me tomó por un brazo. Sentí su aliento tibio cerca de mi nuca y en ese mismo instante un viento muy fuerte sopló hacia nosotros. Me vi forzado a cerrar los ojos y, cuando los abrí, estábamos posando los pies en otro punto de la ciudad.

—¿Qué? ¿Cómo llegamos a…? ¿Qué sucedió en…?

—Por favor, concéntrate. No pierdas un detalle.

Estábamos en la plaza Denfert-Rochereau. Pero no se veía un alma.

—Subamos por la plaza. ¿Qué ves ahí?

—Veo… estudiantes. Sólo estudiantes que beben y ríen.

—Vuelve a mirarlos.

—Algo se mueve… ¿Qué está sucediendo?

—Estás entrando al plano de los fantasmas, detective.

—¿Cómo?

—Estamos en el día de ayer. Tuvimos que volar al día de ayer para entender lo que ocurre.

—¿Qué? ¿Por qué no me dijiste…?

—Concéntrate. ¿Quién es ese hombre que camina hacia ti?

—Es… es O'Riley… Está vivo. Su sonrisa burlona es inconfundible.

—Concéntrate en él.

—Está subiendo por una escalera en forma de caracol. Atravesó una pared…

—Síguelo.

—Hay un hueco entre dos departamentos. Un espacio amplio, iluminado por una luz azul. O'Riley tiene ahí su taller. Lo estoy viendo, Mariska. Casi podría tocarlo.

—Detente, no lo toques. Mira con atención, el hechizo no durará mucho tiempo.

—Hay un gran desorden sobre su escritorio. Y… espera, cuidado. Algo o alguien entra y asusta a O'Riley. Él sale corriendo de su departamento.

—¿Puedes ver quién lo visitó?

—No, lo siento: fue demasiado rápido.

—Regresa a su morada. ¿Qué ves ahí?

—Una invitación impresa, muy elegante.

—¿Qué dice?

—"Marie de Noailles lo espera el martes 14 de marzo a partir de las 21 horas en la recepción en honor de Man Ray."

Y vi el logotipo dorado, cada vez más grande y cercano, hasta que Mariska susurró:

—Despierta, Pierre.

Con gran esfuerzo abrí los ojos. La vela se había consumido por completo. Mariska, a mi lado, estaba maquillada y vestía con elegancia:

—Date prisa. Son casi las nueve, y es martes 14 de marzo.

—¿Qué sucedió? ¿Realmente viajamos en el tiempo?

—Es la manera sencilla de explicarlo. Vamos, tenemos una cita.

—¿A dónde vamos?

—Al lugar al que convocaron a O'Riley, a la mansión de unos millonarios. Estoy segura de que encontraremos a muchos muertos vivientes en esa cena. No permitas que te cenen a ti. ¿Llamamos un taxi?

—¿Puedes volar, pero quieres un taxi?

—No quiero llegar despeinada. Además, si lo llamo yo, el taxista nunca va a detenerse. Tienen un sexto sentido que les permite reconocernos y huir.

9

La cena de los vampiros

Bajamos del taxi frente a una mansión inmensa, sobre el Boulevard Saint-Germain-des-Prés. Una casa que yo conocía, pues la había visto en los diarios:

—Pero... ¿no es ésta la casa de los condes de Noailles?

—En efecto.

—Jamás imaginé que serían muertos vivientes.

—Ellos no lo son, tan sólo los invitan a sus fiestas... Te sorprenderías de saber las relaciones que hay entre la alta burguesía de ambos mundos. Si me permites un consejo, trata de no impresionarte demasiado cuando veas a los presentes. Todas las especies, humanas y no humanas, vendrán por aquí hoy. Ah, y olvidé decírtelo: aquí me conocen como Tamira, y soy artista.

Mariska sacó de quién sabe dónde un muy coqueto sombrerito a la moda. Sus ojos verdes brillaban con intensidad:

—No vayas a entrar con el ceño fruncido, como un policía —y luego de examinarme, agregó—; voy a cambiarte la corbata.

De golpe, yo tenía una corbata moderna, con motivos juguetones, y una camisa de color pastel. Si yo entrara a la comisaría vestido de ese modo mis colegas más viejos e intolerantes me darían un tiro por vestir a la moda.

—Debes tener cuidado con los artistas que están aquí, en especial con surrealistas y dadaístas. Anda con tacto si no quieres que te linchen.

—¿Quiénes son ellos?

Resopló con fastidio:

—El grupo de Breton, el grupo de Tzara... básicamente son las mismas personas, pero se odian a muerte por estos días. Ambos han ido a sabotear sus respectivos espectáculos públicos; se insultan, se golpean. Hace poco a Breton lo echaron de la obra de teatro de Tzara por subirse al escenario a atacar a uno de los poetas presentes. Luego echaron a Éluard por golpear a Crevel y a Tzara. Ojo con Breton, su capacidad para entrar en cólera y su sed de venganza son inagotables. Si se te ocurre soltar un comentario sobre las buenas costumbres te pegará con el bastón que no suelta nunca. Pregúntales a sus víctimas hasta dónde es capaz de llegar.

—Oye, no voy a entrar a pontificar. Estoy trabajando.

—Lo digo para que extremes tus precauciones. Exceptuando a los condes, a la mayoría de los artistas presentes los obligaron a ir a la guerra, en algunos casos a las trincheras mismas. No soportan ver a miembros del ejército, de la iglesia o de la policía. Aragon, Soupault, Desnos, Péret y Breton se han enfrentado a golpes con representantes de la ley. Péret insulta a los curas al verlos pasar. Hace poco, Masson insultó y desafió a un grupo de soldados que cantaban canciones patrióticas en su bar preferido. Les reclamó su estupidez y lo hubieran golpeado a morir de no ser porque al desgarrarle la camisa vieron las enormes cicatrices de guerra que estuvieron a punto de costarle la vida. Comprendieron que se había arriesgado tanto o más que ellos en el combate y lo dejaron tranquilo, él se burló de ellos hasta que se cansó y tuvieron que irse. Así que, por piedad, no digas que eres policía. Acércate a mi amigo, el artista homenajeado, que es un hombre tranquilo, y no te apartes de él.

—¿A qué grupo pertenece?

Mariska tuvo que pensarlo:

—Un poco a los dos.

—Diablos. No va a ser fácil.

—Por supuesto que no. Pueden reconocer a un policía a muchos kilómetros de distancia. Tendrás que inventar algo.

—¿Qué sugieres?

Me escrutó con esos ojos insondables:

—¿Cuál es tu museo favorito?

—El Louvre, por supuesto.

—¿Sueles ir a galerías modernas?

—La verdad es que no.

—¿Tu poeta favorito?

—Homero.

Mariska resopló:

—Estamos en problemas.

—Hace poco leí a un poeta vivo... Guillaume Apollinaire. No entendí todo, pero puedo decir que me gustó.

—Apollinaire, eso servirá... Pero es mejor que no hables de pintura, fotografía o del arte contemporáneo en general. Les diré que eres un poeta venido de Bélgica. Que estás buscando un editor para tus poemas.

—No sé mucho de poesía.

—Apollinaire nunca falla. Sobre todo con este grupo.

Y me arrastró al interior.

Hasta donde pude entender, los condes ofrecían una fiesta para un joven artista que volvía de los Estados Unidos, mitad fotógrafo, mitad pintor y escultor.

—¡Hey! ¡Es Tamira!

Tan pronto mi amiga puso un pie en el salón, media docena de los presentes se acercó a saludarla, como si la homenajeada fuera ella:

—¿Dónde has estado? ¿Por qué no te hemos visto?

—No has ido al Bureau… —dijo una bella mujer de talla pequeña, con una mirada muy dulce—. Te extrañamos.

—¿A cuál Bureau? —le pregunté en voz baja—. ¿Trabajas en una oficina?

Ella, un poco harta de mis preguntas, espetó:

—El Bureau de Rechérches Surréalistes… ya te explicaré.

—¡Tamira!

Un rubio muy delgado, de cabello plateado y nariz aquilina, elegante como un modelo, se acercó a besar a mi amiga. Mariska tuvo que esquivar un beso que iba dirigido a sus labios, y me interpuso entre ella y el hombre.

—Pierre, te presento al pintor Max Ernst. Max, te presento al poeta Pierre Le Noir. *Mi novio*.

Ernst me miró como si fuera a retarme a un duelo, pero terminó por ofrecerme la mano. Yo oscilaba entre la sorpresa y el desconcierto.

—¡Vaya, vaya! ¿Dónde has estado? ¿Por qué te has escondido de nosotros? —le reclamó un hombrecito con un monóculo.

—Estaba en otros proyectos, Tristan. Viajé un poco.

—Daremos un espectáculo muy pronto. Poesía sonora. Te necesitamos ahí, con esos sonidos extraños que sólo tú puedes crear.

—Iré con gusto —sonrió—, siempre y cuando no me obligues a disfrazarme de flor gigante otra vez. ¿Dónde está el festejado?

En el centro del amplio salón de los condes habían dispuesto una serie de caballetes, a fin de exhibir pinturas y fotos enmarcadas, incluso un par de esculturas. Pero por algún motivo que se me escapaba, una de las piezas estaba cubierta por una sábana blanca, y amarrada con delgadas cuerdas de paquetería. A pesar de eso pude apreciar que el objeto era, a todas luces, una máquina de coser bien oculta bajo las sábanas semiatadas. Un letrero decía: *El enigma de Isidore Ducasse.* Y un paraguas asomaba por uno de los extremos de la manta. Vaya sitio para que se encontraran una máquina de coser y un paraguas.

—Pierre, ¿qué haces? Ven conmigo, no hay tiempo qué perder.

Mariska me jaló al centro de la reunión y me fue presentando a la mayoría de las personas que se acercaban a nosotros. Yo, que estaba en guardia y muy nervioso, saludé a poetas, periodistas, pintores, escultores, actrices, cantantes, compositores, cineastas, modelos, millonarias, herederas. De vez en cuando, alguna de las personas que llegaba a saludar a mi amiga no se reflejaba en los espejos, pero eso no parecía importarle a nadie.

—No bajes la guardia —insistió.

Mariska y yo charlamos con dos de las herederas: Peggy Guggenheim y Nancy Cunard; con el pintor Pablo Picasso, asediado por tres galeristas; con el poeta Louis Aragon, perseguido por cuatro de las más bellas damas de la fiesta; con Paul Éluard, rodeado por incontables admiradoras, y sus incómodos acompañantes. En algún momento Mariska se inclinó hacia mí, como si fuera a besarme, y me dijo al oído:

—Esos son los dadaístas. Están platicando con el conde de Noailles.

Y miró a cuatro hombres que bebían champagne. Uno de ellos era el hombrecito de monóculo que fue a saludarnos en cuanto entramos; otro era un hombre de aspecto grave y refinado, y el tercero era un sujeto que no nos quitaba la vista de encima: pequeño y de cejas espesas, con la mirada más penetrante que había visto en mucho tiempo.

—El que está al centro…

—Evidentemente es el conde de Noailles. Es muy joven.

—Él ha patrocinado en buena medida a los dos movimientos que hoy se enfrentan aquí. El del monóculo es Tristan Tzara, el fundador del dadaísmo. Viene de Suiza. Breton lo convenció de mudarse a Francia y no ha dejado de lamentarse desde entonces. El más serio es Marcel Duchamp —mi amiga se refería a un joven de espesa cabellera lacia, peinada hacia atrás, nariz larga y recta, expresión severa y labios prominentes.

—No parece muy despierto.

Mariska casi me golpea:

—Es el hombre más listo de los dos movimientos. Y el tercero es Man… ¿a dónde se fue?

Pero un hombre gritó:

—¡Tamira!

Mi amiga estrechó con fuerza mi brazo:

—Entramos en terreno peligroso. Es la plana mayor de los surrealistas.

A unos metros de allí, media docena de jóvenes de aspecto indignado nos observaba con determinación.

—Recuerda: en caso de duda, Apollinaire es la clave —Mariska me jaló de la mano.

Respiré hondo y fuimos a saludarlos.

Mientras avanzábamos hacia ellos no nos quitaron la vista de encima, como si acabáramos de asociarnos al enemigo. Cuando llegamos allí, un joven de cabellera leonina y expresión orgullosa se inclinó hacia mi amiga. Habría que ser muy despistado para no comprender que era el líder de los surrealistas: los demás lo miraban con tanto respeto como si fuera el general de un ejército. Dijo, con voz muy solemne:

—Todo en este mundo progresa, Tamira. Salvo tú, que miras hacia atrás y saludas a esos canallas. ¿Quieres volver al pasado?

—La fiesta es para Man Ray, André. Es amigo tuyo y tan lindo como tú.

Y antes de que el joven pudiera replicar, Tamira se lanzó a sus brazos y lo besó con fuerza y gracia. Breton se sonrojó —mi amiga era capaz de provocar eso al más serio de los mortales— y cuando ella se separó, el joven se vio forzado a estrecharme la mano.

—Hola a todos, les presento a mi novio, Pierre Le Noir. Viene de Bélgica.

—Es un honor —dije lo primero que me vino a la mente, y Mariska me hizo estrechar la mano del resto de los escoltas de Breton:

—Este caballero de ojos soñolientos es Robert Desnos: ¡ni te imaginas de lo que es capaz en cuanto lo hipnotizan!

—Ya no. La última vez provoqué un incidente con un cuchillo… ¿No te lo contó Max?

—Pero ya lo superamos —interrumpió Breton.

—Bueno, éste es mi querido y belicoso Benjamin Péret; esta belleza de individuo es Philippe Soupault, el más viajero de los presentes; aquí está el encantador Paul Éluard, por fortuna sin su esposa Gala…

—Se encontraba indispuesta. No pudo venir.

—Como es su costumbre. Ella, ¡hola hermosa!, es mi amiga Meret Oppenheim, ella es la lindísima Youki, hola cariño, y… aún no nos conocemos, señorita… —se dirigió a una joven muy delgada, de mirada flamígera.

—Llámeme *Nadja*.

La joven no se hallaba a sus anchas. Era la que vestía ropas más modestas de todos los presentes, pero no era eso lo que la inquietaba. Su mirada era mitad llamada de ayuda, mitad maldición. Mariska la estudió como si supiera algo muy profundo sobre ella y le dijo con un tono conciliador:

—Es un nombre muy lindo. Y ella —abrazó a la última— es mi querida Simone.

Esta última resultó ser la esposa de Breton: una mujer pequeña, de larga cabellera ondulada, labios carnosos y mirada romántica, como a punto de quedarse dormida. Quien viera juntos a los esposos no podía dejar de constatar el contraste entre la calma y la furia, el sueño y la agitación. Por fortuna, había una gran complicidad entre mi amiga y la esposa del líder. Mariska se inclinó a conversar con Simone y su esposo, y yo me acerqué a la joven Nadja, a fin de alejarme de Breton, pero estuve a punto de provocar un desastre: tan pronto fui a ella, el líder de los surrealistas se acercó a interrumpirnos:

—¿Me permite, caballero? No cualquiera tiene derecho a hablar con mi amiga.

Y dijo *amiga* en el sentido más amplio de la expresión.

—No tienes derecho a mostrarte celoso —rugió la joven de mirada abrasadora.

—Uy —Desnos se cubrió los ojos—. Ya van a empezar.

Breton hervía de furia. Su esposa se acercó a reclamarle que prestara tanta atención a Nadja y la bomba explotó. Fue como si todos los presentes estuvieran esperando el momento para separar a André de su esposa, rodear a Nadja, conducirla a la puerta, detener a André, tratar de calmarlo, apaciguar a Simone. Cuando los esposos recobraron la calma, los amigos los llevaron a un rincón de la sala para que discutieran en privado. Entretanto Nadja se dirigió a la salida, y el muy amable Péret fue a acompañarla, tomándola por el brazo con elegancia. Yo me quedé allí, turbado.

—Estuvo muy cerca —suspiró mi amiga—. Vuelvo en unos minutos, estaré con Simone.

—No se preocupe —Desnos me sonrió, con expresión amodorrada—. André y Simone están en un momento muy tenso de su relación. ¿Ya vio las piezas?

Todos estaban fascinados con la exposición. Uno de los presentes, un extranjero de piel muy blanca y ojos de gato exaltaba las obras:

—La fotografía es el arte del futuro. El día que realicen ciertos ajustes técnicos en Hollywood por fin lograrán registrarnos con sus cámaras y demostraremos que somos mejores actores que los humanos.

Le pregunté a Desnos cómo se llamaba ese personaje:

—Es el señor Bela Lugosi, recién llegado de Transilvania. Es un actor profesional, allá en su país.

Y noté que Lugosi no se reflejaba en el espejo.

Y había otros invitados aún más extravagantes, como un joven adolescente, el señor Salvador Dalí, que llevaba un frasco con hormigas rojas, vivas y en perpetua ebullición. Intentaba por todos los medios entregárselas a otro español con un ojo bizco, que estaba molesto y no quería saber nada de él.

—¡Eres un asno podrido, Salvador!

Sentí que alguien me miraba con insistencia y descubrí a un hombre que no perdía de vista lo que ocurría en la fiesta, y apuntaba todo con gestos frenéticos en una libreta.

—Es periodista, no ha dejado de hacer entrevistas desde que llegó. ¡Vaya que sabe interrumpir una conversación! Se llama Georges Zim. O Zimmer. O Zimmenon, no escuché bien su nombre —me explicó Desnos—. Viene de Bélgica, como usted…

Cambié de tema tan pronto pude y fuimos por más champagne. Era fácil llevarse bien con Desnos —cuando no estaba hipnotizado, como tuve ocasión de comprobar más adelante—. En algún momento nos dedicamos a mirar cómo circulaban los invitados alrededor de tres de los presentes que, por su magnetismo natural, atraían todo a su alrededor:

el señor Picasso, el señor Tzara, el señor Breton. Y, por supuesto, en torno al mecenas de los anteriores, el distinguido conde de Noailles.

Lo único que todos los invitados tenían en común, además de su fervor por el arte, es que a esas alturas de la noche habían bebido demasiado. Alguien hizo sonar una copa con una cuchara; aunque lo apreciaba de espaldas vi a un hombrecito dirigirse al centro de la acción. Cuando el conde de Noailles improvisó unas palabras para felicitar a Man Ray, el hombrecito hizo una señal y los sirvientes descorrieron media docena de cortinas que cubrían unas cuantas piezas adicionales de la exposición. A pesar de que yo no entendía nada de arte moderno comprendí que los condes habían guardado lo mejor para el final. Además de los retratos fotográficos de muchos de los artistas allí presentes y, por supuesto, fotografías de los condes en un destacado lugar, Man Ray había dispuesto en una vitrina de cristal varios objetos extraños (esculturas, las llamaba él) que los condes le habían comprado recientemente, a fin de incorporarlos a su colección de arte particular. Y de pronto, entre los retratos y las esculturas, surgieron tres o cuatro fotos de dimensiones enormes, que mostraban osados desnudos femeninos. Algunos de los presentes consideraron que era un escándalo, pero dadaístas y surrealistas no dejaban de aplaudir. Ernst y Tzara rociaron al hombrecito y al conde con una botella de champagne y la multitud se encargó de caminar alrededor de las obras.

Pero entonces pasó algo extraño. En el centro de todas las piezas, una fotografía llamó poderosamente mi atención.

La foto mostraba una plancha de hierro común y corriente, como las que se encuentran en cualquier casa. Pero el artefacto tenía algo que me erizó el cabello: en el lado del aparato que se aplica sobre la ropa, éste se hallaba cubierto por clavos puntiagudos, capaces de desgarrar cualquier cosa.

Catorce clavos.

Dispuestos en fila.

Catorce, muy afilados.

No podía creer lo que estaba viendo, y Mariska no aparecía por ninguna parte. En eso, una voz femenina literalmente surgió de la nada.

—Usted y yo nos conocemos.

Era un mujer tan elegante que incluso la copa de champagne que llevaba en la mano parecía decolorada y sin interés junto a ella. Usaba un vestido flapper de color plata, que terminaba en una lluvia de flecos brillantes. Su collar de perlas rutilantes parecía recién arrancado del mar. Usaba un sombrero plateado, muy corto, con forma de champiñón, adornado con tantos brillos incrustados que literalmente cintilaba. Y sin embargo, no había un solo rasgo en su cuerpo o en sus ropas que pareciera fuera de lugar. Era la condesa Marie de Noailles en persona: se movía con tanta naturalidad en el lujo como si hubiera nacido en un baúl de esmeraldas.

—Inquietante, ¿verdad? Como muchas cosas más allá de este mundo.

Apuntó con la barbilla a la fotografía de la plancha. Luego se inclinó un poco hacia mí y me dirigió una sonrisa tan incitante que sentí como si me hubiera invitado a su cama. Tardé en recuperarme y comprender que estaba aguardando a que le encendiera la boquilla que cargaba en la diestra. Saqué mi encendedor con un gesto tan torpe que estuve a punto de hacerlo saltar por los aires, pero finalmente conseguí encender su pitillo.

—Gracias. ¿No me recuerda, verdad? Usted y yo nos conocimos hace tiempo.

Esperó mi reacción con picardía.

—Lo siento, no he tenido el honor.

La condesa me miraba con insistencia, como si quisiera hacerme sonreír. Su tez de nácar competía con los brillos del vestido. Sólo había una persona capaz de opacarla en esa habitación, y por fortuna apareció de improviso.

—Vaya —Mariska me tomó por el brazo—, veo que conociste a Marie. Condesa, éste es el amigo de quien te hablé: Pierre Le Noir, poeta belga.

—Es un gran honor —farfullé.

—Oh, nada de eso: ya nos conocemos. Es imposible que olvide ese día. Fue en el *bureau* de Madame Palacios. ¿No era usted su ayudante?

La pregunta me tomó por sorpresa.

—Es difícil olvidar eso. Cada detalle de esa reunión tuvo una especial importancia para mí.

Entonces recordé algo muy remoto.

Algo que hace años trataba de olvidar.

Mi abuela materna fue María Palacios. O Madame Palacios, como la llamaban al principio de su carrera. La mejor médium de París, y la más discreta. No fue fácil ser el nieto de este tipo de celebridad. Tan pronto murió mi papá, mi madre comprendió que debía tomar medidas radicales para alejarnos de ese marasmo y de una serie de hechos inquietantes, así que dejamos de ver a mi abuela, nos mudamos al otro lado del río, en el Barrio Latino, e incluso nos cambió el apellido, no tanto para protegernos del asesino de mi padre, como para evitar que los vecinos nos miraran con suspicacia. Desde entonces uso el apellido de mi madre. Crecí como un niño cualquiera con pesadillas, uno muy asustadizo, hasta que un día una señora muy vieja, con un voluminoso vestido color rubí y una enorme flor verde sobre el sombrero, entró al jardín central de nuestro edificio y se inclinó sobre mí:

—Tú eres Pierre. Y eres mi nieto.

Así me reencontré con mi abuela. Fui el único de tres hermanos en establecer una relación estrecha con ella, a pesar de los regaños de mi madre, y de que le prohibió visitarnos.

—Es una mala influencia, hijo. Tenemos que sacarla de nuestras vidas.

Cuando cumplí doce años me permitió trabajar en su consultorio, como ella lo llamaba. Me daba cinco centavos por recibir a los clientes y por ayudarle a ordenar el lugar luego de sus legendarias sesiones. Fue una temporada breve y perturbadora, que interrumpí cuando una de las apariciones que la visitaron me dio un susto tremendo. Mi madre le atribuyó a ella la serie de pesadillas que me atormentaron por esas fechas, y le reclamó fuertemente cuando mi abuela me visitó para inquirir por mi salud. No fue una temporada fácil. Luego de escuchar a mi madre, mi abuela prometió tomar distancia, pero antes me ayudó a superar de una vez y para siempre mis temores hacia lo desconocido. Se quitó la discreta joya que llevaba en el cuello y me la colgó a mí:

—Nunca te deshagas de ella. Es la única manera de que no puedan verte. Pero si un día lo quieres con suficiente convicción, tú podrás verlos a ellos.

Y antes de irse, agregó:

—Que tu madre no vea la joya, cariño.

Y desapareció de mi vida. Por lo visto, aunque no la reconocí de golpe, una de esas clientes fue Madame de Noailles, diez años más joven. Debió ser una quinceañera cuando fue a pedir una consulta a mi abuela.

—Tú sabes dónde nos vimos, tú trabajabas allí, con Madame Palacios. ¿Y ahora te dedicas a la poesía?

—Ésa es la idea.

—Quién lo dijera. Debe ser la primera ocasión en que alguien deja la visión de otro mundo por la poesía de este mundo —expulsó el humo—. Bienvenido, es un placer verte aquí.

—Mi amor…

El conde se acercó a abrazar a Marie-Laure por el talle. Mariska aprovechó para preguntarme en voz baja:

—¿Conociste a Madame Palacios?

—Era mi abuela.

—No lo puedo creer.

Y luego de un instante de cavilación, volvió al ataque:

—¿Ella te dio la joya que llevas en el saco?

—Así es.

—¿Y sabes para qué sirve?

No respondí.

—Vaya, vaya —sonrió con algo parecido a la admiración.

—Dame un segundo, Mariska —y me dirigí a la señora de Noailles—. Condesa, iba a explicarme qué es esto.

Señalé la plancha con catorce clavos.

Marie de Noailles sonrió, muy halagada, y su marido elevó los ojos al cielo:

—No sé si quiero escuchar esto…

Pero ella lo interrumpió.

—Hace años, Man Ray me regaló este objeto por mi cumpleaños. Me lo entregó en otra fiesta, y causó conmoción. Mi marido, que a veces se pone celoso de mi amistad con los artistas, dijo, para incitarme a pelear, que lamentablemente ese objeto no servía de nada práctico y que no podría plancharse nada con él, por ejemplo. Man Ray preguntó: "¿Está seguro?". Acto seguido, me tomó de la mano, me llevó a la habitación más próxima y me pidió que me quitara el vestido. Yo pensé: "¿Cómo se atreve?", pero me lo quité. Man Ray sonrió, tomó el vestido y lo planchó sobre las baldosas. Cuando me lo devolvió, tenía unos bellos desgarrones verticales, que iban del cuello a la cintura, y me lo puse de inmediato, porque revelaba de un modo muy elegante ciertas partes de mi cuerpo que una mujer segura de sí misma, como yo, no tiene por qué ocultar.

—Lo que en las más bellas reses se llamaría *la picanha* —el conde le acarició la espalda.

Ella lo abofeteó con delicadeza y continuó:

—Man Ray y yo salimos tomados de la mano y fuimos la sensación de la noche. Incluso mi marido tuvo que aplaudir…

—Y lo volvería a hacer —el conde la besó con galantería.

Tuve que carraspear:

—¿Y ese objeto? ¿Dónde se encuentra?

—Ah… Es una lástima. Desapareció la semana pasada.

—¿Cómo?

—Lamentablemente lo robaron. Man Ray me lo pidió para retratarlo y lo extrajeron de su estudio. Por eso exhibimos esta foto aquí en lugar de la pieza original.

—¿Hicieron una denuncia?

Tan pronto hice la pregunta, Mariska me dirigió una mirada reprobatoria.

—¿Para qué? Estos robos suceden con frecuencia, con los ánimos tan exaltados que hay entre los artistas, no es el único objeto de Man Ray que ha sido destruido o robado por sus colegas o rivales. También le sucedió a la pantalla para lámpara… quiero decir, a su *Espiral*.

Volví a ver la foto. Los catorce clavos.

—Es una lástima, ¿o no? Man Ray prometió hacerme una copia, pero no estuvo lista…

Mariska alzó una mano:

—Ahí está Man Ray. ¡Manny!

Era el hombre bajito, el artista homenajeado. Tenía una de las miradas más intensas que haya visto en mi vida. Y un gran copete, que le aumentaba al menos diez centímetros de estatura. Vestía un ajustado traje azul de rayas y una corbata de moño muy bonita, decorada con estrellas de mar. Al ver a Mariska elevó sus espesas cejas triangulares:

—Vaya, vaya. La única modelo que me ha negado un desnudo.

Hablaba con un fuerte acento americano, que no intentaba atenuar.

—Hola Manny. Felicidades por las fotos. ¿Esta vez no hay globos?

Man Ray sonrió y la besó en la mejilla. Mi amiga explicó:

—En la primera exposición que hizo en Francia, Manny colocó globos inflados delante de sus obras. En el momento de la inauguración, nos dio la señal y todos tuvimos que reventarlos para ver las obras. Fue muy divertido.

—Así es —sonrió el chaparrito—. Pero una persona, de entre todas las presentes, una que había bebido más de lo recomendable, volvía a inflar los globos ya reventados con un simple gesto de la mano. Nunca quiso explicar cómo lo hizo. Así nos conocimos.

Mariska se sumergió en su copa antes de sonreír:

—También me he dedicado a la magia.

Al ver a Man Ray relativamente libre de sus admiradores, el reportero Georges Zim aprovechó el momento para interrumpir:

—¡Señor Man Ray! Sus fotos son magníficas. ¡Qué desnudos! ¡Qué modelos tan impresionantes! ¿Podría informarnos qué cámara usó?

Man Ray replicó:

—A los fotógrafos siempre nos preguntan qué aparato usamos, pero a los pintores jamás les preguntan la marca de su pincel, ni a los escritores con qué tipo de lápiz escriben. El aparato no importa. Lo que importa es lo que uno dice a través de su arte.

Y para no ser grosero, agregó:

—Usé una Rolleiflex. Pero lo que importa es lo que digo a través de la foto.

El conde lo interrumpió:

—Pues lo que tú haces, o dices, siempre es un escándalo. Como ese desnudo que tienes ahí.

Señaló la que sin duda era la foto más imponente de la exhibición: una que mostraba a una joven arrodillada hacia adelante y vista por detrás, tratando de cubrir su sexo con ambas manos, que asomaban entre sus preciosas nalgas. Breton, que en ese momento admiraba la foto en compañía de sus escoltas, alzó su copa y gritó: "¡Bravo!", en dirección de Man Ray.

El fotógrafo respingó:

—Si mis fotos causan un escándalo quiere decir que están bien logradas. Esa pieza se llama *El ruego*.

—Es magnífica. La pondré en mi recámara —dijo el conde.

—¡Querido! —la condesa reprobó discretamente la exaltación de su marido.

Y el reportero insistió:

—¿Cómo consiguió que la mujer adoptara esa pose? No debió ser nada fácil, ni siquiera para las modelos más atrevidas de Montparnasse…

—En efecto, rara vez pongo a posar a mis modelos —dijo Man Ray—. Prefiero esperar a que ocurran cosas inesperadas… Y vaya que en mi estudio ocurren cosas insólitas… Ese día, estaba tomando un desnudo más bien convencional, pero a la modelo se le cayó el cigarro debajo de un mueble, sobre mi alfombra nueva, y cuando se inclinó a recogerlo la vi desnuda, por atrás, tal como la apreciamos aquí. Pensé que nadie había retratado ni pintado jamás esa postura. Nadie, en toda la historia del arte. Le grité: "¡No te muevas!", pero ella descubrió mis intenciones, tuvo un súbito ataque de pudor y se cubrió el trasero con las dos manos lo mejor que pudo, mientras salía de debajo del mueble y me rogaba que no lo hiciera. Entonces se paró de un salto a abofetearme, pero alcancé a tomar esa imagen.

—Entonces usted sugiere que siempre es mejor esperar a que ocurra lo insólito —el reportero no planeaba irse nunca—. Pero sus esculturas no son espontáneas, sino calculadas. Usted suele mezclar dos o más objetos que nadie antes se había atrevido a reunir.

—Sólo los poetas, con sus metáforas —reconoció Man Ray—. Como escribió Lautréamont: "el encuentro fortuito sobre una tabla de disección de una máquina de coser y un paraguas".

—¡Vaya metáfora! ¡Qué extravagante! Quizás es por ello que los críticos se resisten a calificar de artístico su trabajo. ¿No le parece que exhibir este tipo de esculturas y fotos como si fueran arte equivale a abrir la caja de Pandora? ¿Qué va a pasar si los museos empiezan a exhibir este tipo de trabajos?

—Que los museos serán más divertidos —la respuesta de Man Ray provocó una carcajada de los condes—. Porque ahora, francamente, parece que todos los malos pintores de Francia trabajan a las órdenes de la patria o la policía. Ahora, si me disculpa, caballero…

Man Ray dio por terminada la entrevista, pero no alcanzó a escapar.

—Manny —Mariska me tomó por el brazo y me impulsó al frente, de modo que nos interpusimos en su camino—, mi amigo necesita urgentemente un retrato para su libro. Y sólo tú puedes hacerlo. Es poeta.

—Imposible —Man Ray frunció el ceño—. Salgo mañana de viaje. Iré con los condes a su casa de campo… pensamos filmar otra película.

Trató de escabullirse, pero Mariska lo sujetó por el saco con un gesto sumamente coqueto:

—No podemos esperar tanto, corazón. Tienes que tomarlo esta misma noche —y se inclinó hacia él—. Y después permitiré que me tomes el desnudo que tanto querías.

Man Ray alzó sus enormes cejas triangulares. Parecía que hubiera aumentado cinco centímetros de estatura.

—Un caballero sabe responder a una emergencia. ¡Vamos por esa foto!

—No, no, no —lo regañó la condesa—. Debemos tomar un tren al amanecer. Ya es hora de que vayas a tu estudio por tus maletas.

Man Ray nos dijo en voz baja:

—Lo siento, el deber me reclama.

La condesa arrastró a Man Ray hacia la salida, pero el artista susurró hacia nosotros:

—Nos vemos en mi nuevo estudio: rue Campagne-Première, 31 bis. Primer departamento a la izquierda.

La condesa y el conde escoltaron a Man Ray hacia la salida. Nosotros lo seguimos tan pronto pudimos, pero para entonces el chofer había arrancado, llevándose a Man Ray consigo. No había un taxi a la vista.

—Perfecto —le dije—, ¿y ahora cómo vamos a alcanzarlo?

Mariska sonrió y, luego de comprobar que nadie nos observaba, encendió un pequeño cerillo: una flama negra surgió de sus manos, la arrojó al aire y un instante después estábamos en otra calle de París.

—Pero, ¿qué pasó? ¿Cómo llegamos aquí...?

—Ya no deberías asombrarte. Man Ray no tardará en llegar.

10

El misterioso estudio de la calle Campagne-Première

El lugar me resultaba conocido:

—¿Estamos en Montparnasse?

—A espaldas de la Calle del Infierno —dijo Mariska.

Nos hallábamos en el número 31 bis de la rue Campagne-Première. ¡Vaya edificio! No era el típico vejestorio que solían habitar los pintores o escritores de la zona. Restaurada recientemente por un arquitecto famoso, la construcción era una obra de arte en sí misma: cuatro pisos con una fachada de lujo, recubierta de azulejos y piezas de cerámica extraordinarias; alambicadas rejas de hierro en puertas y ventanas, enormes cristales de pared a pared, ventanas circulares dispuestas aquí y allá, y exquisitas terrazas simétricas. Dispersas a lo largo de la fachada uno podía apreciar pequeñas esculturas incrustadas y pintadas de tonos de fantasía, alternando con rostros femeninos de cabelleras medusinas, como las que se encuentran en la sección art nouveau del Louvre... Man Ray debía tener mucho dinero para instalarse ahí.

—¿De dónde es tu amigo?

—Es judío americano.

—¿Es millonario, como los condes?

—No, jamás ha sido rico. Ésa fue una broma inventada por Tristan Tzara. En la primera exposición de Man Ray, Tzara hizo correr el rumor de que Man había sido millonario varias veces y que había perdido diversas fortunas. No le va mal, pero su dinero lo ha hecho trabajando como fotógrafo.

—¿Man Ray es su verdadero nombre?

—Es un nombre genial para un fotógrafo, pero en realidad se llama Emmanuel Radnitzky.

—Rad-nit-zky...

—Se dio a conocer como *Man Ray* desde que vivía en los Estados Unidos. Yo le digo *Manny*.

Oí el motor de un auto acercarse. Un Cadillac se estacionó y una morena despampanante bajó a toda prisa. Un hombrecito con barba de candado, que hablaba con un marcado acento latino, se bajó a despedirla con un beso.

—Nos vemos, mi amor. Cuida tu belleza.

—Adiós, Alphonse.

—Alfonso, por favor: Al-fon-so; Alfonso Reyes. Tu rey mexicano, no lo olvides. Espera.

Y recitó en español:

Amapolita dorada
Del valle donde nací:
Si no estás enamorada,
Enamórate de mí.

La mujer rio, se despidió con un nuevo beso del hombre de la barbita y entró al número 31 bis. Mariska susurró:

—Ella es Kiki, la pareja de Man Ray.

—Fiel y leal, por lo que veo.

—Fiel a la manera de Montparnasse: leal a morir en caso de problemas, pero libre en el amor. No seas anticuado.

Minutos más tarde el chofer del conde se detuvo junto a nosotros y Man Ray bajó del vehículo entre carcajadas, con una copa en la mano. Al vernos, trastabilló:

—¿Su taxi se saltó todos los semáforos? Pasen, pasen.

El artista abrió la puerta principal del edificio y nos invitó al pasillo central. Una vez allí, se inclinó sobre la primera puerta a la izquierda, sacó un manojo de llaves y abrió tres chapas alargadas que provocaron sonidos complejos y diferentes. Vaya que Man Ray protegía la entrada a su casa.

—*Welcome to my place* —elevó las cejas y me cedió el paso.

Parecía muy orgulloso de ese lugar.

Era un estudio pequeño, pero fascinante. Lo primero que llamaba la atención era el extraordinario orden en que se encontraba todo, como si el habitante no fuera un fotógrafo, sino un matemático o alguien incapaz de desaprovechar un centímetro de la casa, un artista que trabajara con la precisión. Luego de tres sillones de diseño extravagante, que componían extrañas figuras geométricas, había un largo escritorio de madera y una pequeña mesa de trabajo, ambos inundados de papeles y, frente a ellos, tres tripiés: dos sostenían sendas lámparas inmensas y el tercero, una voluminosa cámara cuadrada. Al fondo había una pequeña escalera, angosta y caprichosa, que sin duda conducía al dormitorio; una puerta diminuta se adivinaba bajo los escalones, y de esa puerta emergió Kiki de Montparnasse.

—Hola, Kiki, ¡qué bueno que ya estás aquí! —Man Ray se acercó a la bella morena, que se había quitado el maquillaje de la cara.

—Llegué hace un minuto. Canté tres veces en Le Boeuf sur le Toit.

La mujer sonrió y se dejó abrazar por Man Ray como una adorable gatita que amara las caricias.

—Pasen, por favor —insistió el fotógrafo.

A medida que entraba al estudio vi la colección de retratos enmarcados que cubrían puertas y paredes, y alternaban con pequeños paisajes modernos, algunos firmados por Braque, Picasso, Matisse,

Picabia. Su estudio era un museo en miniatura, de tres por seis metros.

Me llamó la atención que mientras decenas de fotos enmarcadas o cuadros a color cubrían todas las paredes, el espacio junto a la escalera se hallaba despejado casi por completo, si exceptuamos una cortina negra y otra blanca, a fin de convertirse, supuse, en el fondo ideal para retratar a alguien con un fondo neutro.

El artista tomó el saco de Mariska y lo colgó sobre un maniquí muy simpático, en el que alguien había dibujado unos coquetos labios triangulares femeninos.

—Pónganse cómodos. ¿Un trago?

—Una copa de coñac no estaría mal —sonrió mi amiga.

—¿Tú, Kiki?

—Ya lo sabes, mi amor: después de una copa, canto y converso mejor.

Man Ray sacó la botella de un minibar instalado tras uno de los sillones y nos sirvió con mano precisa. Pero yo apenas podía disimular mi ansiedad.

—¿Me permite?

—Adelante.

Buscando el objeto misterioso, me incliné a examinar las numerosas obras que colgaban sobre el muro de la entrada: una docena de placas fotográficas que mostraban diversos objetos combinados, de modo que formaran composiciones desconcertantes, como si más que una foto fueran el reverso o negativo de una fotografía. En ellas, tijeras, compases, armas de fuego, llaves, joyas, clavos o focos se combinaban con tenedores y cerillos, flores o tazas vistas de perfil, manos que parecían arrancadas de un maniquí. Junto a ellos había una serie de retratos exquisitos y fantasmales, que parecían dibujados con un pincel, radicalmente opuestos en su delicadeza a la tosquedad de la técnica anterior. Entre esos retratos fantasmales reconocí a algunos de los artistas que estuvieron en la fiesta de los condes: el poeta Breton visto de perfil, el pintor Picabia, el señor Duchamp. Había uno del mismo Man Ray, enfocando su cámara, y, sobre todo, mujeres: decenas de bellas jóvenes desnudas, que adoptaban poses lánguidas frente a la cámara. Los profundos matices grisáceos y esa especie de velo fantasmal que parecía sobreponerse a rostros y cuerpos hacían pensar que el artista había retratado escenas de la vida submarina.

—¿Son experimentos?

—El arte no es una ciencia exacta, viejo, no admite experimentos —contestó mientras preparaba su cámara—. Tú como poeta deberías saberlo. Aquéllos son mis rayogramas —se hinchó de gusto—. Y éstas aún no tienen nombre. Estoy pensando en llamarlas "solarizaciones"... Ya lo decidiré más adelante.

—Son muy bellas —dijo Mariska—. Y la técnica es increíble, jamás había visto algo igual.

—Un crítico dijo que yo era capaz de hacer cualquier cosa con una cámara, salvo tomar fotografías. ¿Qué te parece?

—Los críticos nunca reconocen lo nuevo —Mariska no podía contener su entusiasmo—. Pero estas piezas no están nada mal, es de lo mejor que has hecho. ¡Cuánto has trabajado!

—Tú sabes cómo fue creciendo esto. Fuiste parte de ello.

Mariska tomó la copa que le ofrecía el fotógrafo y se apoyó sobre el escritorio:

—Cuando Man llegó a París, venía con el dinero que le pagó un coleccionista americano por pintar un par de cuadros. Venía por un breve tiempo, pero decidió quedarse a vivir en la ciudad. Sólo conocía a Marcel Duchamp, pero pronto hizo amistad con Tzara, con el grupo de Breton. Su primera exposición fue un éxito entre los artistas, pero no vendió un solo cuadro. Cuando se le acabó el dinero, sacó la cámara que traía en la maleta y se dedicó a retratar, para que quedara un registro, las obras que pintaban otros pintores antes de enviarlas a museos o casas de coleccionistas.

—Picasso y Picabia fueron mis primeros clientes. Un día, en el estudio de Picasso, luego de retratar las obras que él pensaba incluir en un catálogo, me di cuenta de que me quedaba una placa. Picasso me miraba fijamente, esperando que me pusiera en pie y me retirara, pero su expresión era tan auténtica que grité: "No te muevas" y retraté su expresión más característica, ese gesto crítico y disgustado que lo distingue, antes de que él pudiera reaccionar. Es un retrato oportuno, que a él le encantó y lo incluyó en el catálogo. Picabia vio más tarde esa foto y me reclamó: "¿Por qué le tomaste un retrato a Picasso y no me has tomado uno a mí? ¿Crees que no soy tan buen pintor como Pablo?". Tuve que tomarle a Picabia un retrato esa misma tarde, sentado en su coche de carreras, para que Pablo, que no tenía coche, se muriera de envidia. Así comencé a retratar.

—¿Te acuerdas de tu primer estudio? —Mariska abrió los brazos a lo ancho de sus hombros, como si quisiera indicar que bastaba con estirarse para tocar las paredes enfrentadas—. Vivías en el Hôtel des Écoles.

—El que está en la rue Delambre... —musité.

Lo conocía bien: era un hotel barato, arruinado por la guerra, en el cual vivían estudiantes, artistas, proxenetas y otros sospechosos de la policía. Más de una vez tuve que visitarlo para interrogar a alguien.

—Era un estudio, pobre pero muy ordenado.

—Tenías que revelar las placas en el baño.

—Eso fue al principio. Después inventé una pequeña cámara oscura con cuatro metros de paño negro. Sobre todo, para que Kiki no encendiera la luz de repente mientras estábamos discutiendo.

—Sólo lo hice una vez —dijo su mujer—. Ya supéralo.

El fotógrafo sonrió mientras Mariska repasaba los retratos que estaban sobre la mesa.

—Entre los clientes que me envió Cocteau y los que me envió Duchamp, literalmente no tenía tiempo de dormir. Hemingway, Gertrude Stein, Joyce, actores, actrices, cineastas, nobles de toda Europa tocaban a la puerta de mi hotel toda la noche y llegaron a formarse en fila para recoger sus retratos.

—Y la marquesa Casati —dijo Mariska.

—¡La marquesa Casati! Casi me había olvidado de ella. Me equivoqué al calcular el tiempo de exposición y su foto salió con tres pares de ojos, pero a ella le encantó. ¡Cómo insistió en que había logrado retratar su alma! ¿Sabes que hace poco exhibieron ese retrato en una galería de arte moderno? Pero mi clientela ha cambiado: ahora estoy secuestrado por las revistas de moda, que no pagan nada mal. Sólo Sylvia Beach sigue enviando con insistencia a todos los escritores americanos que pasan por París. ¡Qué mujer! Es como tú: no acepta un no por respuesta.

Alguna vez escuché en la comandancia que estaban experimentando con una extraña sustancia, finita, que permitía retratar objetos o personas imperceptibles para los humanos, así que le pregunté:

—¿Ha oído hablar de "el Aire de París"?

Man Ray respingó:

—La sustancia que permite ver lo invisible, e incluso retratarlo con una placa fotográfica. Es una leyenda. Como la famosa mujer fantasma de la que siempre habla Breton. Según él, se le ha aparecido en los momentos más inesperados, con intenciones malignas. Incluso a plena luz del día, en el Passage de l'Opéra... No estoy seguro de creer ni en una ni en otra... —dio un trago a su coñac—. Pero sería fabuloso que ambas existieran.

—¿Qué es todo esto? —Mariska acarició una serie de fotos ordenadas sobre el escritorio.

—Un editor americano desea publicar una selección de mis fotos. Uno que cree realmente en mi trabajo. ¿Sabes? A veces uno se cansa de trabajar tanto y de escuchar las mismas reacciones: que la foto nunca igualará a la pintura, que es una manifestación artística de segunda, que si cualquiera puede apretar un botón por qué deberían considerar a la foto algo digno de mostrarse en los museos. Pero tú continúas trabajando, por motivos que se te escapan y, de algún modo, sigues creando sin poder evitarlo. Aunque pocos lo aprecien.

Kiki se inclinó sobre él y lo besó:

—Algún día lo harán, precioso.

Y se acurrucó junto a él, en el sillón, como una hermosa gatita de cabellos negros.

Por casualidad me detuve ante el último retrato enmarcado en la pared: un desnudo femenino sin igual. Una mujer que sólo vestía un turbante, vista de espaldas, sentada sobre lo que parecía su propio vestido, como si el mismo fotógrafo se lo hubiera bajado hasta el nacimiento de los muslos en un arranque de pasión, para mejor apreciarla. La foto era muy atrevida, en la medida en que no vacilaba al mostrar esa bellísima espalda y esas nalgas rotundas, pero además Man Ray le había dibujado un par de símbolos sobre la espalda, como los que se ven a los lados de las cuerdas de un violonchelo. Me acerqué para examinar el rostro de la mujer, que trataba de mirar hacia atrás, quizá para descubrir qué pensaba hacer con ella su amante, y al estudiar su afilada nariz triangular reconocí a la mismísima Kiki, que en ese momento me observaba, pendiente de mi reacción. Por supuesto, me sonrojé. Kiki sonrió, vació de un trago el resto de su coñac y subió por la escalera.

—Estaré arriba, haciendo la maleta.

—No tardes —dijo Man Ray—. Debemos salir en unos minutos.

—Yo ya estoy lista, Man. Pero quizás añada uno o dos vestiditos. Vaya que eres impaciente.

Kiki trepó la estrecha escalera a medio inclinar, las delicadas garras de gatita por delante, calculando deliciosamente cada paso, y desapareció en la parte superior del estudio. De inmediato Man Ray encendió sus tres reflectores.

—Póngase cómodo.

Probé mi trago y mientras Mariska examinaba las pruebas, aproveché para estudiar el reluciente piso de madera, como si lo reconociera con admiración. A primera vista no se veían manchas de sangre.

—¡Hey!

Mariska señaló una foto en la que una joven mujer, un poco pasada de peso, bebía una copa de algún licor dulce y miraba a la cámara en estado de gracia, con una sonrisa sin igual.

—¡Es un retrato de Lena! ¡Y sonríe! Ella, que nunca sonríe en la vida privada. Man, ¿cómo conseguiste que sonriera? —me mostró la foto—. Ella es Lena Volmöller, amiga y consejera de Marlene Dietrich.

—¿Sabes que ahora es novia de Louis Aragon? —Man Ray sacó un par de placas de una caja cerrada.

—Una de tantas —gruñó Mariska—. Pero esta sonrisa que conseguiste es asombrosa. Y eso que no te distingues por sacarle sonrisas a nadie. ¿Qué le dijiste para hacerla sonreír?

Man Ray sonrió y colocó una placa en su cámara:

—Ya no les digo que sonrían, nunca funciona. Les pido que me muestren sus dientes. Las más hermosas sonrisas que he retratado surgieron así. ¿A usted qué le parecen?

Man Ray me estudió con su cámara.

Tomado por sorpresa, pensé en mi único acercamiento constante con la fotografía: los rígidos retratos de criminales, de perfil y de frente, que circulaban por la comisaría:

—Nunca había visto nada igual —dije sinceramente, y Man Ray tomó su primera foto—. Su trabajo me recuerda a las pinturas antiguas del Louvre. La zona de los holandeses... —tomó la segunda—. Se diría que usted capta a ese tipo de personajes: como si usted fuera al Louvre con una cámara, estudiara a un personaje de Holbein y lo retratara justo cuando el sujeto cobrara vida y volteara a verlo a usted.

—Vaya —Man Ray asomó detrás de la cámara y extrajo las placas—, ya veo por qué te simpatiza este poeta, cariño. ¿Cómo dijo que se llama?

—Le Noir —sonrió Mariska—. Pierre Le Noir.

—De Bélgica... ¿No conoce a su compatriota, el reportero Georges Zimm, o Zimmenon, que, entiendo, es su verdadero nombre? Un joven muy talentoso, de Liege, que escribe cuento, reportaje, críticas, cuentos para niños. Hace rato me entrevistó. Supongo que llegará lejos...

—Nunca lo había visto antes.

—¿Y a René Magritte?

—Lo siento. Nunca he oído hablar de ese escritor.

Man Ray frunció el ceño:

—Magritte no es escritor. ¿Cómo es posible que usted sea belga y no conozca al grupo de Magritte? ¿A qué dijo que se dedica?

—A la poesía.

—Qué extraño. Por un momento juraría que dijo "A la policía".

No me quedaba mucho tiempo, así que fui al grano:

—Quería preguntarle una cosa… En la fiesta vi la foto de la plancha. La condesa me contó que la robaron de aquí.

—En efecto, pero no es grave. Pienso hacer dos copias: una para la condesa, la otra para mí, a fin de venderla a un coleccionista de los Estados Unidos. Le pedí a Marie que me permitiera quedarme con el objeto durante un par de días, a fin de estudiarlo de cerca y pum, desapareció de golpe de mi estudio, tan pronto lo retraté.

—Qué pena —dije.

—¿Bromea? Me siento muy halagado de que se la hayan robado. Desde que llegué a este piso no han dejado de suceder cosas extrañas —sacó las placas y las colocó en una caja cerrada, sobre la cual dejó una instrucción escrita—. Se me pierden ciertos materiales, los objetos cambian de lugar. Hay aquí algún tipo de magia que no deja de sorprenderme.

—¿Y por qué no se muda?

Lo pensó un instante:

—No he vivido en un sitio más estimulante desde que me fui de Greenwich Village. Lo único que lamento es que no me gusta repetirme: hacer dos veces el mismo objeto es muy aburrido. Pero no es lo más extraño que me ha pasado aquí. Miren…

Nos mostró una carpeta que decía: "Visitantes nocturnos". Mariska me dio un codazo.

Nos sentamos en la sala y revisamos una serie de retratos cada vez más siniestros. Un hombre con apariencia de empresario que tenía una gruesa cuerda alrededor del cuello, otro vestido con un traje oriental y la parte superior de su rostro cubierto por una media oscura de mujer; un arlequín junto a otros artistas de circo; un enano con el torso desnudo; una joven a la que le faltaba un brazo, en un entallado vestido negro; otra, con una mano de madera, que no podía usarse para nada bueno; un hombre muy gordo que se columpiaba a gran altura sobre una piscina vacía, arriesgando su vida, y numerosas jóvenes, ocultas tras distintos tipos de antifaces. Una de ellas, la única sin disfraz, tenía tres pares de ojos que le subían por la frente. Supuse que sería la marquesa Casati.

—¿De dónde salen estas personas?

—No tengo que ir a buscarlas. Aparecen por aquí.

—Man, ya casi es hora —Kiki se asomó desde la parte superior de la casa; más que avisarle, parecía advertirle que no tocara ese tema.

—Me temo, Tamira, que dejaremos ese desnudo para otra ocasión —Man Ray dejó a un lado su copa y se puso de pie.

—Una última pregunta, señor: ¿quién cree que se llevó su pieza? ¿Sospecha de alguien?

—Ésa es una pregunta digna de un policía.

Las muchas copas de la noche estaban haciendo efecto sobre Man Ray. Trastabillando un poco, se acercó a la carpeta de los visitantes extraños y extrajo la última imagen.

—Déjenme ver… Aquí está… Estos sujetos pasaron por mi estudio el día del robo. Uno de ellos se llama Petrosian.

Era el retrato de dos individuos enormes, sentados en el sillón más amplio de ese mismo estudio. El primero era un rubio alto y barbón, de largas patillas, vestido con un smoking; su pechera estaba cubierta con numerosas condecoraciones y una ostentosa medalla sostenida por una cadena muy gruesa, como la que se usaría para retener a un perro muy bravo. Era imposible ignorar sus nudillos enormes, más pezuñas que manos humanas. El segundo era aún peor: un sujeto tan ancho y alto como el marco de la puerta. Usaba sombrero de copa y patillas espesas, a la moda del siglo XIX. Su aspecto lo completaba el traje que usaría un militar disfrazado de civil y botas de general en campaña. Ambos sujetos miraban a la cámara con expresión entusiasta, pero nadie tomaría su expresión por una muestra de simpatía, sino por esa falsa sonrisa que suelen poner los leones y otros depredadores cuando están a punto de atacar a la presa.

—Cuando me di media vuelta estaban ahí, sentados en la sala. Eran alemanes. Les pregunté: "¿Cómo diablos entraron?". El de las cadenas me amenazó con una mirada horrible... Nadie me había mirado así antes... Pensé que iba a matarme, pero el más grande lo contuvo. Dijo con claridad: "Calma, doctor Petrosian, calma. Por lo visto nuestro anfitrión es fotógrafo, vea todos esos aparatos. Yo diría que es uno muy bueno"; y se dirigió a mí: "Maestro, ¿cuál es su nombre? ¿Man Ray? Pues bien, maestro Man Ray: entramos por error a su casa, pero ya que estamos aquí, háganos un retrato, por favor, uno que muestre nuestra grandeza". Me asusté tanto que en lugar de llamar a la policía o salir huyendo, saqué la cámara y los retraté. Pensé que sería mi último trabajo. Me conminaron a revelar la placa de inmediato, y al más viejo le gustó mucho. "¡Vaya maravillas que puede lograr la ciencia humana! Quiero otra copia de inmediato". Y fui a imprimirla, temblando, sin dejar de oír sus carcajadas en mi sala, rogando que Kiki no volviera en ese momento, pero cuando salí del cuarto oscuro, ya no estaban aquí... Fue Kiki quien entró, me encontró casi desmayado y me llevó a la cama. Nunca entendí cómo fue posible que entraran, nunca escuché que la puerta se abriera para dejarlos entrar ni para dejarlos salir.

—Qué espanto —mi amiga abandonó su trago en una mesita, como si quisiera expulsar los malos pensamientos.

—¿Puedo quedarme con esta foto? —tomé la imagen de los dos sujetos.

—Llévesela. No quiero verla por aquí.

—Corazón —gritó Kiki desde el piso superior—. Date prisa.

Man Ray se inclinó hacia nosotros:

—Espero que esos dos nunca regresen. Por eso he tomado medidas de seguridad.

Señaló las enormes chapas y las cadenas que custodiaban la puerta.

—¿Aún estás en contacto con tus amigos del Marais? —se dirigió a Mariska.

—¿Te refieres a los magos? Sí, ¿por qué?

—Me gustaría hablar con ellos en cuanto vuelva de mi viaje. Pedirles algo de protección —y dio un largo trago a su bebida.

—Cuéntamelo todo, Manny.

—Dirás que estoy loco…Pero cada semana, a cierta hora de la madrugada, algo extraño sucede en esta sala. Escucho voces, ruido, incluso pasos en esta sección de la casa. Durante mucho tiempo, cuando bajaba de la recámara, invariablemente hallaba abierto aquel armario —señaló un mueble enorme, colocado junto a la puerta de la entrada—. Pero no encuentro a nadie. Y si corría por azar las cortinas siempre solía haber borrachos o viajeros, o personas extrañas en la calle.

—¿Y cómo toleras eso?

—No lo tolero. Vean.

Se puso de pie y de un librero cercano tomó una especie de metrónomo hecho de caoba y lo puso frente a nosotros. El metrónomo tenía algo interesante y es que, en la punta de la aguja, el artista había añadido la fotografía ovalada de un ojo femenino, sin duda tomada de un retrato de la misma Kiki. Man Ray lo accionó y el ojo bailó delante de nosotros.

—Es mi *Objeto indestructible*. He descubierto que si antes de irme a dormir lo dejo en movimiento delante del clóset, los ruidos no van a manifestarse. ¿Suena extraño, verdad?

Kiki asomó desde la parte superior de la casa y carraspeó:

—Man… perderemos el tren.

Man Ray se puso de pie:

—Espero que me disculpen, pero debo terminar otros asuntos. Mi asistente, Berenice, revelará la foto mañana a primera hora y la dejará en territorio americano.

—¿Perdón?

—En Le Dôme, con el gerente del restaurante, sobre el boulevard. ¿Pueden pasar a recogerla ahí?

Pregunten por Berenice Abott a partir de mediodía y ella les entregará el material. Ahora tengo que revisar un par de pendientes.

—De acuerdo. Se lo agradezco.

—Deben disculparme, pero no quiero hacer esperar a los condes.

—Ha sido un honor.

—Espero que sea un buen retrato. Ah, una última cosa: si mañana ve su foto y no le gusta y piensa: "Ése no soy yo", sugiero que se pregunte: "¿Entonces quién es?".

Man Ray me estrechó la mano y salimos de allí.

11

Viajeros nocturnos

En cuanto pusimos un pie en la calle, sentí que se me erizaba el cabello de la nuca. Otra vez.

—Mariska, algo raro sucede ahí dentro, ¿verdad?

—No es algo que debas saber. Sígueme.

Atravesó la calle a toda velocidad y entró al diminuto parque que instalaron al final de la calle. Una vez ahí, me indicó que nos ocultáramos tras el más frondoso de los setos.

—¿Qué horas tienes?

—Las cuatro y veinte.

Casi veinticuatro horas desde que me llamaron a investigar.

—Ven, Pierre. Tengo que ponerte a salvo.

—Espera, ¿qué está pasando?

—Insisto: no es indispensable que lo sepas todo.

—¿Estamos en un lugar especial, verdad?

Mariska se mordió los labios. De golpe, todo tuvo sentido:

—El cementerio está aquí mismo, a unos pasos, sobre el boulevard Raspail, y allí dentro, la oficina de migración que visité esta mañana. El ser que me atacó desapareció no lejos de aquí. Saltó la barda y corrió en esta dirección: justo hacia acá, hacia la calle Campagne-Première. El escondite de O'Riley tampoco está lejos. Los tres sitios quedan muy cerca, alrededor de la Calle del Infierno. ¿Qué significa todo esto?

—Significa que hoy es miércoles y son más de las cuatro y veinte: si Man Ray se encuentra despierto dentro de su casa cuando sean las cuatro y media es muy probable que no lo volvamos a ver —mi amiga no perdía de vista el 31 bis.

Un taxi se detuvo frente al estudio y tocó el claxon. Pero Man Ray no salía.

—¿Qué está pasando? ¿Pido refuerzos?

—Ya no hay tiempo, corazón.

La puerta principal se abrió y Man Ray salió con una maleta de mediano tamaño y un estuche en el que evidentemente cargaba su cámara. Luego volvió por Kiki, quien salió con varias maletas, una de ellas tan grande como un sarcófago.

—Vamos, vamos —decía Mariska—. ¿Cuántas maletas necesita una cantante? ¡Lleva más que Man Ray! ¿Qué horas son?

—Cuatro veintiocho.

—No quiero ver.

Luego de depositar las maletas en la cajuela del auto, Man Ray y su mujer por fin abordaron el taxi y se fueron de allí.

—¡Corre! —dijo Mariska.

Cruzó la calle y detuvo la reja antes de que ésta se cerrara por completo. Luego se inclinó sobre la puerta de entrada al estudio de Man Ray. Fue como si hablara con la manija. Como si se inclinara a decir un par de palabras cariñosas a una mascota, y la puerta se abrió, a pesar de las enormes chapas.

—Por favor, ponte tus lentes oscuros. Hay cosas que no pueden ocurrir delante de un ojo humano.

Mariska corrió hasta la mesita de la sala, frente al clóset, y ocultó el metrónomo con el ojo de Kiki dentro de un cajón del escritorio.

—Ahora esperemos y no hagas ruido. Es cuestión de vida o muerte.

Nos metimos en el baño y dejamos la puerta entreabierta. El estudio de Man Ray, que iluminado me pareció agradable, a oscuras era perturbador. Las oscuras cortinas que el fotógrafo usaba para revelar sus retratos hacían de ese sitio algo macabro. Parecía el interior de una tumba. Mis ojos tardaron en adaptarse a la oscuridad y reconocer entre las sombras el perfil de cuadros, objetos, mesas, sillones. Cuando la campana en la iglesia más próxima anunció las cuatro y media de la madrugada, Mariska me suplicó que guardara silencio.

Quise salir corriendo, pero no podía moverme.

De golpe, vi que el armario principal estaba entreabierto y sentí que alguien respiraba muy cerca de mi cuello. Había una mujer cincuentona, de aspecto severo, vestida de monja, junto a mí. Por poco brinco hasta la calle.

—No te hará nada mientras no dejes de mirarla a los ojos —Mariska me prendió por el brazo.

La monja me dedicó una sonrisa que no le deseo a nadie, una sonrisa líquida y pegajosa, que se desprendía de su persona, una sonrisa que lastimaba; luego fue hasta el librero que se hallaba en la sala y se metió al interior. Entonces cerró la puerta tras de sí. Sentí el escalofrío en mi cuello con más fuerza que nunca.

Un instante después las puertas del armario se abrieron de golpe. Otra mujer, ahora con un sombrero coronado por un zorro, salió por allí, arrastrando una maleta. En cuanto llegó a la entrada simplemente abrió la puerta del estudio y se fue. Tan pronto la mujer del sombrero desapareció, un tipo con sombrero de técnico, como si fuera empleado de la oficina de ferrocarriles, asomó por el armario y gritó:

—Hola, Mariska, ¿quién es tu acompañante? ¿Está vivo?

—Vivo, pero de confianza.

El hombre asintió:

—Otra vez quebrando las leyes, muchacha…

Y luego gritó hacia el interior del clóset:

—Bien… A ver todos, aguarden, vamos a tomar precauciones.

Una especie de niebla azul salió del armario y se apoderó de la sala. Mariska susurró:

—Si algún día ves esa bruma acercarse, huye de inmediato.

La niebla se extendió por todo el estudio y llegó hasta el sitio en que nos encontrábamos agazapados. Pronto fue difícil distinguir la puerta de la entrada. Se oyó el ruido que haría un grupo numeroso pero muy compacto de individuos, todos adultos y pesados, al atravesar un andén. La multitud vociferante avanzó y se perdió a lo lejos, pero hubo quien cruzó la bruma en dirección de nosotros, buscando su camino. Un sujeto que cargaba dos maletas y la sección de avisos clasificados del periódico nos miró, desvió la vista y desapareció por donde había venido. Lo siguieron cinco hombres vestidos con el uniforme de Scotland Yard. No tuvieron necesidad de abrir la puerta porque se desvanecieron al atravesar la pared. Parecían tener prisa.

Luego la bruma se hizo más espesa y vimos el lomo de un animal enorme, más alto que los sillones, desplazarse a lo largo de la bruma. El animal olfateó el ambiente, gruñó y se acercó a nosotros. Mariska me cubrió la boca: jamás sentí tanto miedo.

En algún momento bajé la mirada y comprendí que el animal arrastraba a un niño de unos cinco años con una cadena. El niño me vio a los ojos con angustia y sentí un vacío muy poderoso dentro de mí. En ese instante el animal volvió a gruñir y desapareció en la niebla con su cargamento infantil. La bruma se fue y el técnico asomó por el armario:

—¡Se cierra el paso!

Mi amiga le reclamó:

—A ese último no debiste dejarlo entrar.

—Yo sólo soy un funcionario. Hay leyes más antiguas que nosotros, vieja amiga, y tenemos que obedecer.

—Pues ése no es de los que cumplen las leyes.

El hombre asintió:

—¡Nos veremos otra vez!

Cuando el hombre del armario cerró las puertas, yo estaba sudando:

—Mariska... ese último ser... Él fue quien me atacó.

—Lo sé. Tenemos que irnos de aquí.

—¿Viste que arrastraba a un niño con su cadena?

—Lo vi. Date prisa, debemos escapar.

Mariska encendió una de sus velas, la colocó en el suelo y me tendió la mano.

—Rápido, rápido. Es la última que me queda. Vamos a un sitio seguro.

—¿Qué va a hacer con el niño?

—¿Quieres o no salvar tu vida? Es mejor que no sepas.

—No puedo aceptar eso, Mariska.

Me zafé de su mano cuando se desvanecía en el aire.

—Lo siento. Me quedo.

—¡No!

Pero ya no alcanzó a oír mi respuesta. Quedé completamente solo, en una especie de nube, en un lugar que se parecía cada vez menos al misterioso estudio de la calle Campagne-Première.

12

Una voz

"Pierre. Pierre. ¿Puedes oírme?"

"Aquí estoy, Mariska. ¿Qué está pasando?"

"Concéntrate en mi voz. No podrás escucharla mucho tiempo."

"¿Qué sucedió?"

"Alguien abrió la vieja puerta de París hacia el este."

"¿Dónde me encuentro?"

"No estoy segura. ¿Por qué hiciste eso?"

"No puedo dejar que esa cosa se escape. Debo salvar a ese niño."

"Pierre. Ese niño es tu alma."

"¿Cómo?"

"Esta mañana en el cementerio él se quedó con una parte de ti. Por lo visto estás hechizado. ¿No sentías una tristeza enorme en las últimas horas? ¿Un vacío brutal? ¿Un enorme cansancio? Es su manera de atraerte hacia él. Ahora se está preparando para hacerte daño. Si hubieras venido conmigo, habríamos encontrado el modo de rescatar tu alma. Ahora no podré protegerte porque estoy lejos. Estás solo, Pierre."

"¿Dónde estás, Mariska? ¿Dónde estoy yo? ¿Dónde está mi alma?"

13

Los nuevos clientes de La Rotonde

Cuando abrí los ojos, poco a poco comprendí que me hallaba en el boulevard Raspail, la espalda apoyada contra una pared. A juzgar por las risas cercanas, estaba tan sólo a unos metros de la avenida Montparnasse.

Luego de comprobar que mi revólver continuaba en su funda, si bien no tenía una segunda bala de plata, me puse de pie y caminé hasta la avenida. Aunque faltaba poco para amanecer, había suficientes clientes para mantener abiertas las terrazas de la Coupole, el Select y el Dôme. ¡Cuánto me hubiera gustado encontrar a cualquiera de mis colegas! Cuando buscaba a mi sospechoso sentí que alguien me examinaba, o mejor dicho, que me envolvía en una especie de manto oscuro. Volteé con toda precaución hacia la muchedumbre que bebía en la terraza de La Rotonde: un matrimonio discutía en ruso. Dos bellas jóvenes bailaban tango con un hombre muy gordo. A unos pasos de ellos un sujeto rubio y barbón, que vestía un traje negro muy bien cortado y lucía una cadena alrededor del cuello, me estudiaba con suspicacia, como si le divirtiera mi situación. Sentí el conocido escalofrío, en toda su intensidad.

—Una noche estupenda, ¿no le parece?

Sus dedos jugaron con la cadena.

Me acerqué a él. Una copa de vino blanco, con algo parecido a una gota de sangre flotando en el centro, descansaba sobre su mesa. No sé qué mosca me picó, pero le reclamé con fuerza:

—Así que usted es el doctor Petrosian. El asesino.

El viajero hizo un movimiento extraño con sus dedos:

—¿Te crees muy listo al preguntarme eso, aquí, delante de todos, en un restaurante? ¿Crees que alguien va a defenderte?

De repente sólo vi espejos vacíos alrededor de nosotros. La mayoría de los comensales y el personal de La Rotonde habían desaparecido. Consciente de que algo extraño sucedía, el matrimonio ruso de la mesa contigua también se levantó y huyó a gran velocidad. Pero el viajero bebió el final de su copa antes de proseguir:

—Te lo responderé, pedazo de carne, porque tu vida llegó a su fin.

Al mismo tiempo escuché la voz de mi amiga, que gritaba: "¡Corre, Pierre!".

—Llegó la hora de quedarnos con esta ciudad. Pronto los tuyos tendrán que volver a los túneles. Se esconderán en las trincheras, como sucedió en el Oise, durante la última guerra…

Pegué mi espalda a la pared.

—¿Quién es usted?

—En mi país nos llaman *Colmillos,* o, como yo prefiero, *Kiefer, Quijadas.* Pero eso apenas da una idea muy pálida de las cosas que podemos hacer. ¿Qué tal si vamos a conversar a un sitio privado, donde tus amigos de la policía no puedan hallarnos? —señaló una puerta a un costado de la sala principal.

—No tengo la menor intención…

—No importa, ya estamos aquí.

El doctor Petrosian aplaudió dos veces: sus colmillos superiores brillaron ampliamente y de pronto estábamos en la sala de una enorme mansión.

—Aquí nadie nos va a interrumpir. Hay dos cosas que debes saber, pedazo de carne.

Se abrió los botones del saco.

—Primero, que a los de mi especie nos gusta disfrazarnos de seres humanos. Y segundo, que nos bastan siete mordidas para desaparecer a uno de ustedes.

Me llevé la mano al pecho, pues el talismán literalmente me quemaba, y grité:

—¡No se mueva! ¡Está arrestado!

Pero el hombre no estaba en ninguna parte. En eso sentí que se me erizaban todos los cabellos de la nuca y miré hacia arriba: Petrosian reptaba por el techo como una tarántula… Corrió hacia mí a una velocidad vertiginosa y saltó con los brazos extendidos.

Jamás lamenté tanto que sólo nos dieran una bala de plata por persona.

Sentí un dolor horrible. La sensación se extendió hacia un hombro, hacia un brazo, y mientras me retorcía vi que Petrosian alzaba el otro brazo. Justo cuando se disponía a dar otro golpe, escuché el rugido. Un rugido muy fuerte e inesperado, incluso para Petrosian, que se dio media vuelta. Otro depredador de cuatro patas había entrado a la habitación. Un ser enorme, mezcla de tigre y oso negro, que se lanzó contra mi atacante.

El depredador hizo rodar por el suelo a Petrosian, pero éste se puso en dos patas y lanzó violentos golpes al aire con sus impresionantes garras delanteras. El recién llegado, que era más alto y voluminoso que Petrosian, esperó a que pasara la primera racha de ataques para golpearlo con una de sus pezuñas: Petrosian cayó en el rincón más alejado de la habitación, y no se movió. Entonces vi que otros dos monstruos de la misma especie que el depredador, pero más delgados y pequeños, rodearon al caído y le impidieron moverse a base de gruñidos y arañazos. En ese instante el nuevo depredador se percató de mi presencia y se acercó de un salto.

Del tigre o monstruo enorme, que desapareció como si alguien se hubiera quitado una capa, surgió el comisario McGrau, tal como estaba vestido hace unas horas. El comisario arrojó una especie de polvo, o sal negra, sobre mis heridas, y dejé de sangrar. Entretanto, el ser con garras despertó como el doctor Petrosian, ahora rodeado por los agentes Le Bleue y Le Blanc, que surgieron como detrás de una nube. Tomaron a Petrosian por los brazos y le pusieron unas extrañas cuerdas en el cuello y en las manos, que retorcieron y amarraron a su espalda.

—¿Para quién trabajas? —le preguntó McGrau.

Pero el monstruo respondió en alemán:

—*Es lebe der Kaiser. Wir werden Rache Nehmen.*

—Pues te pudrirás en los calabozos.

Petrosian estalló:

—¡Nos veremos en los cuatro puentes, comisario! ¡Nada nos podrá detener!

McGrau bufó:

—Si te refieres a París como la ciudad de los cuatro puentes, esto confirma que tu jefe no nació ayer. Por lo visto, odia esta ciudad desde hace mucho, mucho tiempo. Y ya me has dicho quién es. Llévenselo —McGrau apremió a sus colegas—. Y tú, ven conmigo.

Para mi sorpresa, mis heridas se habían cerrado. Las manchas de sangre persistían en mis ropas, pero el dolor se había atenuado de modo considerable.

Sólo me quedaba la sensación de que parte de mi piel había sido irritada. Salimos todos por la puerta principal, ante la mirada atónita de los comensales de La Rotonde. McGrau me arrastraba como si fuera una pluma. Sólo se detuvo al pasar junto al gerente:

—Encontramos a uno de los criminales más buscados en su salón del fondo. Con su permiso, señores.

—¿Tenemos un salón al fondo? —preguntó uno de los meseros al gerente, y este lo regañó:

—Regresa a trabajar, muchacho.

14

Los cuatro puentes

McGrau condujo su automóvil negro a lo largo del Sena en silencio durante algunos minutos, y se estacionó cerca de nuestras oficinas. Detrás de nosotros había cesado el ruido de la patrulla que se llevó a Petrosian. El comisario perforó y encendió uno de sus puros, lanzó su primera columna de humo y me miró. Tardé en comprender que aguardaba mi explicación:

—Lo siento, comisario. Debí decirle del monstruo que me atacó en el cementerio, pero no sabía cómo iba a tomarlo.

—Casi te cuesta la vida, muchacho. Por fortuna estás vivo… o eso parece.

El comisario clavó la vista en el río.

—¿Sabes dónde estamos parados, Pierre? Este rincón es uno de los lugares más antiguos de París y siempre ha estado ligado a la justicia.

Miré el letrero que indicaba el nombre de la calle:

—¿El Muelle de la Curtiduría?

—En efecto. Lo llamaron así desde el siglo XIII. Un lugar que sigue siendo siniestro. Aquí, a unos metros al norte, donde está ahora el teatro —y señaló el Teatro Sarah Bernhardt—, estaban los calabozos. Allí se interrogaba, torturaba y ejecutaba. Ahora estamos entre la Calle de la Matanza y la Calle del Valle de la Miseria: en la primera sacrificaban becerros, y en la segunda gallinas, aves pequeñas. ¿Qué te sucede?

—¿No va a sacrificarme, verdad? Para guardar sus secretos.

Por primera vez desde que lo conozco, el comisario rio. Y mucho. Cuando se hubo cansado, agregó:

—Si no te mató el *Kiefer*, ¿por qué te mataría yo? Mira: te voy a mostrar. Aspira. Otra vez: aspira. ¿Lo sientes?

—Un… un olor muy denso.

—Exacto. No se ha evaporado. Esta calle fue durante siglos una de las más desagradables de París: el olor a muerte provocaba una gran fetidez, y no se podía vivir entre el ruido de los molinos y los gritos de los animales sacrificados. Hasta la época de Napoleón I no hubo mataderos en París. Siempre hubo que matar a los animales cerca de las carnicerías, en las calles o en pequeñas bodegas. Las calles de la Tuerce, de l'Écorcherie, de la Triperie son testimonio de ello. Por eso los visitantes decían que en París la sangre corría por las calles. Y tenían razón. Pero no sólo por los animales sacrificados.

Miró hacia el este:

—Hace más de mil años, Carlos el Calvo hizo construir una gran torre de madera para defender este puente, el Pont au Change. Los historiadores dicen que fue para repeler los ataques de los normandos, pero en realidad fue para defenderse de seres como tu amigo, el cara de jabalí. La gente cree que uno de sus sucesores, Louis VI, el Gordo, construyó su fortaleza de piedra o *châtelet*, para defenderse de los invasores, pero la gente ya ha olvidado quiénes los atacaban por la noche, o al caer la tarde. Seres tan horribles que era mejor olvidarlos.

Una ambulancia pasó cerca de nosotros. McGrau sólo siguió cuando dejamos de oírla:

—París fue durante más de diez siglos una ciudad oscura y confusa, un verdadero laberinto. Hasta el siglo XVIII no fue obligatorio que la primera y la última casa de cada cuadra tuvieran una placa con el nombre de la calle. Era muy fácil robar o matar a los caminantes. Era tal la cantidad de criminales al acecho que la gente evitaba salir después del atardecer. Desde principios del siglo XIV los parisinos debían salir con una linterna por la noche o hacerse acompañar por un valet que portara una antorcha, pues había otras amenazas al acecho. Fue un teniente de policía del siglo XVIII quien hizo colocar una lámpara de aceite frente a las casas de los comisarios de policía, a fin de que fuera fácil localizarlos por la noche. La lámpara de gas se inventó mucho más tarde, durante el siglo XIX, en la rue de la Paix. Y la lámpara incandescente, hace apenas unos años… en 1920. Por eso, porque éramos necesarios, llegamos nosotros. Los que vivíamos ocultos. Los que estábamos hartos de ser perseguidos. Ofrecimos al Abate Prevost nuestros servicios. Lo citamos por la noche en este muelle. Él nos escuchó, vio las cosas de que éramos capaces y comprendió que sólo nosotros podíamos detener a los que cazan por la noche. Entre ellos los *Kiefer*, o Seres de los Colmillos. Desde entonces, dentro de la policía de París hay un grupo que vela por la seguridad de la gente. Un grupo secreto, que está ahí para vigilar. Nos llamaban los Árbitros. Ahora somos la Brigada Nocturna. Desde hace siglos, el comisario de París siempre es uno de nosotros. Aquí se formó nuestro grupo, en este muelle. Aquí, de vez en cuando, invitamos a alguien más a formar parte oficial de la sección reservada de nuestra Brigada. A ser uno de nosotros y conservar el secreto.

El comisario guardó silencio y me miró. Tardé en reaccionar:

—¿Me está… invitando? ¿Voy a transformarme en una especie de tigre?

McGrau sonrió:

—Vaya que cada día eres más lento, Le Noir. Hay muchas cosas más bajo el sol que lo que has visto en estos meses. Ya lo irás descubriendo. Hiciste un gran trabajo al encontrar el arma homicida, y al asesino de O'Riley. Desde que supe quiénes eran tus informantes me dediqué a seguirte. Así pudimos concluir que Petrosian mató al falsificador inglés. Lo mató porque antes le pidió un pasaporte para uno de los mayores criminales europeos, y no podía permitir que semejante testigo, con esa información, siguiera entre nosotros, así que mataron a O'Riley. Por segunda vez.

—¿Realmente murió hace cien años?

—Es lo que afirma Scotland Yard. Cada vez son más raros los muertos vivientes así, pero en la posición en la que él se encontraba sin duda logró conseguir ese favor a cambio de algún pasaporte. Alguien lo proveyó de un amuleto o hechizo que lo hizo volver de entre los muertos la noche de su primer fallecimiento. Hace decenios que no veía uno solo de esos casos por aquí, pero se entiende: deben ser muy cautelosos. Pueden seguir como muertos vivos durante varios siglos, hasta que se deshaga el hechizo o bien pierdan o les roben el amuleto. Entonces fallecen en el acto, por segunda y última vez.

Por eso mismo no sería extraño que en los próximos tiempos encontremos un amuleto o un mago longevo rondando de noche esta ciudad.

—¿Petrosian se quedó con el amuleto de O'Riley?

—Es lo más probable, y tardará en confesar dónde lo tiene o a quién se lo entregó.

Recordé la foto de los personajes siniestros que visitaron el estudio de Man Ray y palpé mi saco en busca de la imagen.

—Comisario: creo que debe ver esto. Un fotógrafo los retrató hace unos días.

Mi jefe le echó un vistazo y asintió:

—Bien hecho, Pierre. Ese matón ha tenido muchos nombres, y muchos rostros a lo largo de quinientos años, pero una sola idea fija. Petrosian trabaja para el canciller de hierro, el duque de Lauenberg, el leal sirviente del emperador Wilhelm I, su serena alteza, el príncipe Otto von Bismarck. Este canalla desea ver caer Europa rendida a sus pies, y hace medio siglo casi lo logra. Unificó los infinitos pueblos alemanes en una sola nación, luego declaró la guerra a Dinamarca, Austria y Francia. Tiene prejuicios terribles contra algunas naciones, las odia con todo su ser. En su opinión deben ser los nobles y los millonarios quienes dirijan a un país. Los pobres sólo merecen morir. Es violento, mentiroso, radical, ignorante. Es impresionante cómo un ser tan ruin puede atraer a tantos muertos vivientes y convencerlos de provocar un baño de sangre. Debemos detenerlo aquí. La última vez que lo intentó fue en la Gran Guerra y millones murieron en las trincheras. Pero antes necesitamos reforzar nuestras filas. Ya casi no quedan seres como nosotros.

El comisario se inclinó y me dijo:

—¿Algo te preocupa?

No tuve que pensarlo mucho:

—¿Qué va a pasarme?

McGrau refunfuñó, como si me preocupara por pequeñeces:

—El ataque de Petrosian pudo ser mortal. Atacó muy cerca de tu corazón y no había un médico cerca, así que tuve que darte el remedio que tomamos nosotros.

Recordé el momento en que el comisario, convertido en esa especie de tigre, había lanzado el polvo aquel sobre mis heridas.

—Esa técnica tiene algunas consecuencias… Si has leído literatura fantástica europea, sabes que nadie sale indemne del ataque de un monstruo como ése. Tendremos que tenerte en observación los días que siguen, para ver cómo reacciona tu cuerpo cuando llegue la luna llena. En las próximas horas.

El comisario llegó al final de su puro:

—Nada mejor para disimular el aliento… Piénsalo, Le Noir —me sugirió el comisario McGrau—. Podrías hacer el bien en estos tiempos tan difíciles.

No serías mal reservista, con los informantes que tienes.

Miré la luna, que no terminaba de emerger de entre las nubes:

—¿En verdad puedo elegir?

—Yo diría que es tu obligación luchar contra aquellos que quieren destruir tu ciudad. El día que París cierre sus cuatro puentes comenzará su decadencia y su aniquilación. Ahora, tendrás que disculparme, debo interrogar al sospechoso.

—Tengo una pregunta, comisario.

—Si te refieres al niño que llevaba el sospechoso, no soy la persona indicada para hablar del alma humana. Busca a un mago que te explique en qué consiste ese hechizo.

—No se trata de eso.

—Entonces adelante.

—¿Qué son los cuatro puentes?

El comisario sonrió:

—Al principio sólo había cuatro puentes: Notre Dame, Pont au Change, Petit Pont y el Pont Saint-Michel. Cuatro puentes para defender París y comunicarla con otras ciudades. El Pont Neuf es de 1607. Hicimos una buena fiesta cuando se inauguró. Es la historia secreta de París, ya la conocerás. Ahora, te dejo aquí... Entiendo que tu casa está cerca.

Tan pronto bajé del auto, el jefe agregó:

—Esperaré hasta mañana tu respuesta... Y por favor, no llegues tarde a tu cita.

Dicho esto, el comisario arrancó y se fue. Sería que estaba muy cansado, pero me pareció que su coche se desvanecía en el aire, justo cuando cruzaba las brumas.

Estaba solo y de pie, en el centro de la ciudad.

Necesitaba pensar, así que en lugar de ir a mi casa, caminé hacia el río. Algo me hacía falta, pero no sabía qué.

Antes de que pudiera sentirme solo, sentí una especie de escalofrío, pero un escalofrío agradable, como si un viento fresco hubiera soplado en mi nuca. Di media vuelta y vi una figura que avanzaba hacia mí.

Una mujer muy bella y sonriente.

Que avanzaba. En mi busca.

Una mujer bella como una estatua de mármol o una flor negra.

Lo inesperado

Me inclinaba hacia ella cuando oí una voz conocida. El agente Karim corría hacia nosotros:

—¡Pierre! Uf, uf, ¡encontraron al Pelirrojo! ¡El jefe te manda llamar!

Mire a Mariska, luego a Karim:

—¡Pero acabo de despedirme de él!

—¡Es muy urgente!

Mariska se colocó sus anteojos oscuros.

—Iré a mi casa. Sola, por lo visto. Ya va a amanecer.

Y se retiró de golpe.

La luna llena brillaba con fuerza, ahora que por fin emergía tras las nubes. Era un redondo punto final en el cielo.

—Karim, vaya que llegas en mal momento, viejo. ¿Sabes lo que acabas de interrumpir? ¿Cómo te atreves? Además hoy no pienso ir al trabajo, no he dormido en dos noches.

—Pierre —me dijo Karim—, los de la Brigada Nocturna no necesitan dormir.

Y así fue como empezó la siguiente aventura.

Índice

Agradecimientos

A Paulina de Aguinaco por sus espléndidos consejos en las sucesivas versiones de esta novela. Su conocimiento de la literatura infantil y juvenil, su lectura amistosa y su visión literaria fueron un gran estímulo para que este relato encontrara su voz.

A mis agentes, Bárbara Graham y Guillermo Schavelzon, por el entusiasmo con que recibieron este manuscrito y su revisión comprometida.

A mis amigos en Penguin Random House por la edición impecable. En particular a Romeo Tello Arista.

A Manuel Monroy por la extraordinaria portada.

A Yael Weiss, por su amistad de siempre.

A Augusto Cruz y Vicente Alfonso, por sus lecturas.

A la memoria de Alicia Liria Colombo, mi querida guía por París: aquí está lo prometido.